教場
きょうじょう

刑事指導官・

風間公親

0

長岡弘樹

劉子倩——譯

きょうじょう 0

目次

第一話
面具的軌跡

1

視線前方站著幾個「喪屍」。

四處都有人拚命舉手攔計程車的模樣，的確瀰漫著令人聯想行屍走肉的濃厚哀愁。

面對飄雪的M市大馬路，日中弓把手搭在鬆垮圍著的圍巾上。拉開皮毛大衣的領口，給大衣底下的晚禮服胸口透透夜氣。

「我該帶望遠鏡來才對。」走在身旁的蘆澤健太郎，摸著八字鬍投來露骨的視線。

「早知道有這麼好的景致可看的話。」

「阿健，你現在幾歲了？」

「三十九。」

「你看起來像雙倍的年齡。」

她把手指比在鼻下，提醒他八字鬍積雪了。

蘆澤戴著袋鼠皮手套，他用指尖不耐煩地扯下假鬍子，塞進風衣口袋。當他那隻手再伸出來時，握著一瓶香檳。是二百毫升迷你瓶裝。八成是從晚宴會場順手偷來的。

看來還嫌自己喝得不夠醉。蘆澤的手指，開始努力試圖撕開瓶蓋貼紙。他身為牛郎店老闆卻笨手笨腳開酒的模樣，不止滑稽甚至可悲。這種東西只要用她的指甲應該輕易就能打開。她很想叫他「把瓶子給我」，卻又懶得摘手套，最後還是決定保持沉默。

他們是在十五分鐘前離開化妝舞會的會場。當時就已經開始飄這種小雪了，不過一點也不冷。因為連續跳了將近兩小時的舞。渾身的火熱恐怕暫時無法冷卻。

臨走時連灌了兩杯雞尾酒，腳步還有點踉蹌不穩。寒流似乎在昨晚已暫時離開城市上空，但是人行道泥濘的積雪依舊惡意掩蓋路面。在清醒時都不好走的地理環境穿著十五公分高的雪靴或許太沒腦子了。下一步該往哪踏出，必須慎重判斷。

後來，或許是想起什麼，蘆澤停止和貼紙奮鬥，把酒瓶夾在腋下，動手解開風衣扣子。

「妳看著。」

他取出插在西裝胸前口袋的梳子。隨即用左手拽著梳齒，右手握著玳瑁梳柄，向左右拉扯。

梳子一分為二，蘆澤的右手不知幾時已握著刀子。看來是偽裝成梳子的匕首。

蘆澤用長達十公分的刀刃尖端靈巧撕下瓶蓋貼紙，拔出瓶塞。頓時從瓶口噴出香檳，略微濺到風衣袖口。

「哇靠！」

「你搞什麼啊。」

她打開鱷魚皮做的托特包，打算拿手帕給他。

這時，蘆澤忽然把手伸進她皮包，取走某樣東西。定睛一看，那是剛剛在化妝舞會用過的威尼斯面具。

蘆澤摘下頭上的皮帽，把面具拿到臉前。面具不是全罩式，是露出鼻頭以下的半罩式面具。眼睛周圍點綴的花紋，或許該稱為裝飾風格，是傲然彎曲的植物藤蔓。

「要不要玩個遊戲打發無聊？」

「玩什麼？」

「算是一種試膽遊戲。看妳敢不敢戴著這面具一路回到家。如果做到了，我就送妳豪華獎品。」

「拜託你偶爾也想點別的遊戲好嗎。這個以前就玩過了吧。」

「明明是第一次跟妳玩。」

「就跟你說玩過了。──不信你看。」

她把手伸進托特包，取出手機。

正好在一年前，某公寓一室舉辦角色扮裝活動，她應蘆澤之邀參加。當時她身上配戴的，是重達一百公克的特大號蝴蝶結。

那時也是在回程被蘆澤挑釁。問她敢不敢戴著大蝴蝶結一路回家。獎品是舊型的智慧手機。手機登記在蘆澤名下，如果賭贏了，她不用負擔電信費便可自由使用。

考慮到自己的經濟狀況，這是個頗有吸引力的賭注。她在眾人好奇的目光下，強忍羞恥戴著大蝴蝶結回到家後拿到的這支手機，至今依然很好用。

唯獨就是手機上面用奇異筆畫了太陽和半圓形圖案令她頗有微詞。打賭贏了當然很好，可是收到手機前，居然大意讓喝醉的蘆澤有機會拿到麥克筆塗鴉令她懊悔不已。

──個人物品一定要寫上名字。

蘆澤就像在長紙條上寫俳句那樣，在手機背面運筆如飛地畫出兩個圖案，據他表示，太陽代表「日中」，半圓代表「弓」。

那種像小孩塗鴉的鬼畫符，留著只會丟人，她本來打算立刻拿揮發油擦掉，可是實在太懶了，結果就這麼一拖拖到現在。

「對喔，我想起來了。那妳應該駕輕就熟吧。規則和上次一樣。現在去攔計程車，直到下車為止，必須一直戴面具。就這麼簡單。」

她搖頭。「戴著面具走路太惹眼了。萬一被警察攔下盤查怎麼辦？」

「沒事啦。我會替妳證明身分。——對了，妳知道今天是什麼日子嗎？」

「不就是十二月五日嗎？」

「我是叫妳猜猜看那是什麼日子。」

「就跟你說我不知道。」

「是紀念日啦。我們第一次見面的日子。正因如此，我才想送妳一個禮物。拜託妳就挑戰一下。」

「……這次的獎品是什麼？」

「如果想知道，」蘆澤朝她還拿在手裡的手機努動下顎。「妳就用那玩意，撥打我現在說的號碼。」

她照做之後，一個旋律傳來。模仿電子琴的電子合成音奏出的旋律，輕快又有點令人懷念。那是〈瑪莉有隻小綿羊〉。

聲音似乎來自蘆澤斜背的包包。他從那包裡取出某個東西。是平板電腦。七吋小型平板，附帶電話功能。

「賭贏了我就送這個。還是會加上妳的署名喔。」

她決定打這個賭。手機的液晶螢幕只有四吋，上網購物時很麻煩。如果是七吋，想必多少可以省掉上下捲動畫面的麻煩。

確認周遭無人注意後，她朝蘆澤伸手。蘆澤遞來化妝舞會用的面具，但她避開那隻手。

「先解決這個。」

蘆澤的另一隻手拿著小瓶香檳。她一把搶過來，一口氣灌下二百毫升。然後奪過面具，把空酒瓶狠狠壓到蘆澤胸前。

取回面具後，只見面具額頭的金箔在路燈下發出暗光。她戴上面具。隱身在縮小的視野後面，頓時好像變成某種可疑人物，自然而然加快了腳步。

「妳急什麼——小姐，面具有什麼意義妳知道嗎？」

即使沒什麼醉意也習慣用這種帶著鼻音的方式說話，大概是因為每晚都在接待女人養成的？

「消除身分貴賤。那就是面具的功能。只要一個面具，無論是富豪男或窮酸女一律平等。遮住臉孔，其實是以裸裎內心為目的的行為。是為了打從心底自由自在享受豔遇。」

或許他想暗示的，是這場派對尚未結束。

「不用找藉口了，你快去攔計程車。」

樹脂面具的內側貼有標榜吸水性的材質，但是實際上毫無效果，戴久了之後眼睛周圍悶濕，很不舒服。

「知道啦——小弓接下來要去X區的X大樓吧。」

今天的時間安排，她早在一週前就已通知蘆澤。

「那個行程沒變吧。」

「對啦。」

「這麼晚了，妳要去X大樓做什麼？」

已過了晚間九點。

「那是祕密。喂，我想快點上車。」

攔計程車的任務只能交給蘆澤。戴著這種面具的人就算在路邊舉手，想必也沒有哪輛車子會立刻停下。就算有，好奇心那麼強的司機她自己都不想領教。

「包在我身上。不過，這裡不行。」

蘆澤攔到一輛小型車，是在他特地離開計程車候車站，繼續向東走了兩分鐘之後。他對司機招手時，弓就躲在他的風衣背後。

淡綠色的車身側面綴有白線。橢圓形車燈很像橄欖球。這輛計程車流暢地減速停車，讓後座的左側車門正好停在蘆澤面前，是「第一協同交通」車行的車。

後座車門開啟，蘆澤先上車。

弓在他左側坐下，瞥向副駕駛座前的名牌。司機似乎姓坂野。是個看起來很資深的中年男人。透過車內後視鏡，她與那個坂野對上眼。

「可以請你別介意我朋友的面具嗎？她有點內向怕生。」

蘆澤對駕駛座拋出的玩笑話之無聊，令她感到剛剛灌下香檳的醉意都醒了。

「好的。」

坂野點頭，微露牙齒。她一直戴著面具，同行的蘆澤卻是露出臉。對方應該不可能因此就放下戒心，但至少從他的表情完全看不出，可見應該是經驗豐富的司機。

她繫上安全帶，一邊朝蘆澤轉頭說：「你也繫上。」

「繫上什麼？」

「安全帶。把安全帶綁好。」

「後座應該不需要吧。而且本來就綁不了，我剛剛吃太撐了，肚子這麼大。」

蘆澤鼓起臉，隔著風衣砰地拍了一下肚子給她看。

「繫上。」

「就跟妳說不用。」

「不繫上安全帶不行！這是法律規定的。」

「知道了。聽妳的就是了，妳別那麼激動。——司機先生，從這邊到X大樓大概要幾分鐘？」

向前傾身詢問司機的蘆澤，或許是因為喝醉了，綁安全帶時費了老大的勁，弄得金屬扣環喀擦喀擦響個不停。最後還得靠她幫他繫上。

「正常情況下大約五分鐘，但是路面狀況不良，或許會比較久一點。」

坂野話還沒說完，蘆澤已把上半身靠回椅背，又繼續對她說：「再過十五分鐘，行嗎？絕對來得及。」

「十五分鐘？應該不會那麼久吧。」

「就是十五分鐘。要三倍時間。——司機先生，麻煩你先順著這條路直走。」

蘆澤說的是和 X 區不同的方向。

「喂，你打算去哪裡？」

「不用擔心。反正最後一定會抵達 X 大樓。」

車子啟動後，蘆澤就開始忙碌地指揮坂野：「前面左轉，那邊右轉……。」

弓嘆口氣，取出手機。戴著手套操作螢幕，點開事先準備的文字內容。

下個轉角左轉，下下個十字路口右轉，暫時直走……。蘆澤還在繼續瑣碎地指揮路線。

弓握緊手機，朝車窗看了半晌。

流逝的夜景和雪花映在視網膜，她迅速回想和蘆澤交往的這兩年。雞尾酒的甜膩氣息。鏡球俗艷的光芒。能夠回想起來的只有那個程度。

定睛一看自己映在車窗的臉孔，眼角已開始出現幾條暴露年齡的細紋。

是時候了吧。

她垂眼看緊握的手機。再次確認螢幕上顯示的文字。即便在傳送給蘆澤後。

差不多該結束了吧？這行文字依舊久久烙印在視網膜。

2

七吋平板電腦響起收訊聲。和來電鈴聲一樣是〈瑪莉有隻小綿羊〉。

——乍看溫順老實，一旦被激怒就會用角頂著向前衝。這種特性，和我的行事作風恰好吻合。

牡羊座的蘆澤，選擇自己的星座當作幸運物的理由，目前為止她已聽過三遍了。

牡羊座男人看了簡訊後，緩緩摘下脖子上同樣是羊絨做的圍巾。

「……這是什麼意思？妳想結束什麼？」

這個話題會涉及隱私。她不想讓司機聽到。她再次將大拇指劃過手機螢幕。

——我倆的關係。

「有意思。」蘆澤挑起嘴角。「妳真是我國的卡蘿．倫芭。」

「那是誰？」

「以前的女明星。是克拉克．蓋博的妻子。『美麗的女人很多。但美麗又有趣的女人少有。』——她可是讓好萊塢之王說出這種話的人物。妳不正是如此嗎？」

厭煩蘆澤的理由可以舉出無數種，其中之一，就是因為他會公然說出這類做作的言詞。既然每晚和旗下男公關一起接客，照理說他好歹也該學會更自然一點的作風。

你還是先稍微醒醒酒吧——她如此暗示，伸指去按車門上的開關，把計程車的車窗降下幾公分。

「妳是認真的？」

蘆澤的嘀咕，幾乎被車窗縫隙造成的風切音抹消，微弱得可憐地傳入她耳中。

她隔著面具緩緩眨眼，表達肯定之意。

兩個月前，她應友人之邀參加聯誼活動時，被某個男人看上了。交往一個月後，對方開口求婚，她當下一口答應。對方是大企業的少東，是蘆澤望塵莫及的富豪。她沒有理由拒絕。現在之所以要去X大樓，就是因為對方正在頂樓的酒吧等她。

她用同樣是事先寫好內容的簡訊，如此對蘆澤坦白。順便也告訴他，所謂的「大企業」，就是這輛計程車所屬的第一協同交通。

此刻的蘆澤宛如喪屍。碰上天氣惡劣的週末很難攔到車子時，計程車業界都是用這個字眼形容臉色慘白地舉起手成排站在馬路的客人。雖然可憐，但我不會在你面前停駐。

她立刻收到回覆。

妳要忘恩負義地甩掉我嗎。

我很感謝你。

關於語尾是否該用敬語，她猶豫了片刻。

六八，一一二，一八〇。

蘆澤無預警地傳來這幾個數字。看到那個，成捆薄紙滑過指尖的感覺霎時重現。說到將鈔票排成扇形五張五張計數的速度，她可從沒輸過任何人。

以前在信用金庫做櫃員時，薪水絕不算少。壞就壞在她毫無自知之明地喜歡收集名牌貨、出國旅行、打高爾夫球、光顧牛郎店。

三六〇。

貼心的蘆澤，甚至連剛才那些數字都幫她加起來算好了。

每天接觸大量紙鈔，或許對金錢的概念已經麻木。

三百六十萬日圓。就算分三次把這筆金額從客戶的帳戶轉移到自己名下，她也不覺得這是盜領。她打從心底相信一定可以在不被任何人察覺的情況下立刻歸還。

遠比預想中更早東窗事發時，她能想到的救星只有蘆澤。過去蘆澤曾多次求婚，每次都被她冷漠以對，所以在開口求助之前她遲疑了許久。

是蘆澤帶著三百六十張萬圓大鈔去信用金庫的主管辦公室，替她擺平了此事，從此，她在他面前當然再也抬不起頭。即便她在百貨公司的餐具賣場找到新工作後，還是在對方要求下維持了兩年左右的關係，直到現在。

這段期間，上床次數大概有七、八十次吧。她自認是用那種方式償還了對方代墊的錢。蘆澤從來沒催她還錢，可見基本上應該也是那樣想。

可以。那我就向對方抖出妳過去的惡行。

傳來那種答覆後，蘆澤開始氣勢洶洶地操作平板電腦。看來他似乎真的打算傳訊給第一協同交通的企業信箱。

董事長，關於令郎的交往對象日中弓此人的本性，有件事一定要告訴您。她以前

其實——

她探頭湊近看平板，蘆澤已經打完內容了。

在我按下傳送之前，我希望妳再考慮一下。

有種就按啊。反正關於盜領的事我早已毫不隱瞞地告訴未婚夫了，沒啥大不了。

「……慢著。我想到更好的方法。」

蘆澤忽然這麼喃喃自語，又開始默默操作平板電腦。

看樣子應該不是在打字。那他在做什麼？她想湊近看，但蘆澤身體一歪擋住了螢幕。

過了一會，他把平板電腦的螢幕朝她轉過來給她看。

映入眼簾的，是自己的照片。

全部應該多達上百張。問題是，這一百個日中弓，每一個身上都不著寸縷。有的坐在床上。有的站在浴室。這種安全姿勢大概佔了二成。剩下的照片全是用煽情的角度從正面和背後瞄準下半身。

「按快門的速度和暴露程度都很完美吧？這麼完美真想給誰欣賞一下。所以我該先傳到哪才好呢？」

蘆澤到此為止是用說的，接下來就改用文字訊息傳達。

我打算投稿到照片分享網站。

意識或許有一陣子陷入空白。當她驀然回神，擋風玻璃外已可看見樓高四十五層的多用途綜合大樓。是X大樓。車子即將抵達目的地。

身體猛然向前歪倒。副駕駛座的頭枕逼近眼前。她握著手機，情急之下雙手向前撐住。

「對不起！」

坂野為緊急煞車道歉。並且保持上半身向後扭的姿勢，動手解開安全帶。

「突然有一隻貓衝出來。說不定壓到了。我下去看一下。」

坂野下車了。

駕駛座車門關上的同時，她朝蘆澤伸出右手想搶過平板電腦。但蘆澤側身閃開，她的手臂落空，還被他拽住手腕。整隻手被向後扭，肩膀頓時一陣鈍痛。

「小弓，所以我剛才不是說妳是卡蘿．倫芭嗎。她年紀輕輕就因為飛機失事死了喔。妳猜她當時幾歲？三十三。和現在的妳同樣年紀——」

映入眼簾的，是蘆澤插在胸前口袋的梳子。她扔掉手機，空著的左手反手握住玳瑁梳柄。

她本來打算把梳子整個拔出，可是敵不過口袋內側摩擦的阻力。或許該說幸好阻力夠大。等她拿到手裡時，刀已出鞘，對於當下分秒必爭的狀態反倒是好事。

此刻還來得及回頭——哪兒都聽不見這樣的聲音。唯有「只能這樣做」的大合唱在腦中嗡嗡響。

揮下的刀子，倏然被深吸進蘆澤的胸部。她本以為會有更大的抵抗，整個人壓上去的重量頓時撲空。姿勢一歪，鼻頭撞上蘆澤的鼻頭。

她慌忙移開目光，因為他兩眼翻白。

蘆澤朝著計程車車頂揚起下顎。就像混濁水槽裡的金魚，努力試圖用嘴巴吸取氧氣。

那樣的動作，也只持續了兩三秒。他僵直的雙肩驟然放鬆，緊接著脖子猛然歪向斜下方，身子立刻倒向座位。顯然斷氣了。

沒必要讓自己回神。她很清楚不能拔刀，否則血會噴出來。當下還能這麼判斷，可見腦子運作正常。

蘆澤的屍體閉著眼。就姿勢而言，看起來只像是爛醉昏睡。那麼，接下來的作業就不難了。替他合攏大衣前襟，遮住刀柄。把脫下的皮帽深深扣到他頭上遮住表情。做到這種程度應該就夠了。

聽見坂野回來的動靜，是在她撿起掉到地板的手機，把蘆澤的平板電腦放進自己皮包的下一秒。

「小姐，請放心。貓沒事。只是鑽進車子底下，費了一點功夫才把牠趕出來。」

那就好。弓隨口附和後告訴他：「既然已經停車了，我就在這兒下車好了。請你繼續開到W區好嗎？」

她報上蘆澤在W區的住址，也沒脫手套，付了到那裡為止的車資。

「還有，」弓指著蘆澤的身體。「這個人睡著了，在抵達之前請不要叫醒他好嗎？」

「好的。」

聽著背後坂野的回答，弓快步下車。

她反覆告訴自己不會有問題。

幾乎無人知道她與蘆澤的關係。不，應該是完全沒人知道。

當牛郎的蘆澤，平時就常說，和女性交往是工作的一環，所以把兩人的關係視為最高機密。他還說，他把交友關係的資料都記錄在一台電腦中，藏在誰也找不到的地方。就算警察或國稅局找上門也絕對查不出來……。

3

弄得不好說不定會吸進滿腔屍臭。在這種狀況下，瓜原潤史先撐大鼻孔，然後才一點一滴嗅聞室內瀰漫的氣味。

接獲發現大學女生遺體的通報，是在一小時前。所以他立刻趕來這棟專門出租給學生的套房公寓，不過，室內尚未瀰漫屍臭。

反倒有種好聞的香氣。可是乍看之下，並未發現任何市售芳香劑之類的東西。看樣子香味似乎來自放在三格櫃上的小塑膠盒。是那種百圓商店在賣的毫無特徵的收納盒。裡面裝的是白粉。肯定是洗衣粉。

「這也是生活小祕方吧。」

背後響起聲音。轉頭一看，站在眼前的，是潔白堅固的牙齒特別顯眼的刑警前輩。

風間公親。

第一次看到這四個字時，他不會念後面那二個字。到現在也是，有時看到風間還會在腦中響起「公親」這二個字的錯誤發音。

「洗衣粉原來還可以代替室內芳香劑啊。這我倒是沒想到。」

「當然可以。而且是一石二鳥。」

「請問這話是什麼意思？」

「洗衣粉也會吸收濕氣。」

原來如此。看來這房間的主人還是個節約小能手。

瓜原的目光轉向倒臥房間中央的大學女生遺體。她的脖子纏繞捆包用的尼龍繩。

——既然如此……。

——那妳也別白白浪費一條命喔。

瓜原在內心再次合掌默禱後，撩起瀏海。頭髮已經長得碰到睫毛了。後面的髮尾也會隨著脖子彎曲的角度碰到西裝肩頭。

如願成為縣北的Ｍ分局刑警是在今年八月。新人通常先分派到的是竊盜案。他趕往玻璃窗被打破的現場，開始跟著學長們有樣學樣地追查案件。他從以前就愛講話，在現場打聽消息對他不是難事，所以到了年底好歹也抓到幾個犯人。就在這時候，上司命他去分局長辦公室報到。

「從下週起你就去總局一課強行犯組跟著風間。加入道場。」那就是分局長的命令。

風間道場——早在警校時代他就聽說過，在這T縣警界似乎存在如此稱呼的刑警養成體系。各分局會定期派出一名有三個月經驗的刑警去總局，在風間公親這位指導官的麾下，徹底接受同樣為期三個月的震撼教育。

瓜原對一般事物向來樂觀看待，唯獨這一刻強烈感受到的是困惑而非喜悅。風間道場的畢業生，目前無一不是活躍的菁英級刑警。可是自己呢？該不會被貼上道場第一個淘汰生的標籤吧……。

在這樣的不安驅使下，即便偶爾休假的日子，他也沒有急著去理髮店，把溫習刑警講習時用過的參考書當成第一要務。

房間一角有組合式木桌，桌上放著她親筆寫的看似遺書的字條。

想消失。想再世重生。想一切重來。

這就是字條的內容。

「瓜原。如果是你會怎麼判斷這個現場？」

女學生衣著整齊。脖子上似乎也沒有自己用指甲抓出的爪痕——俗稱「吉川線」。但是——

「我認為還不能完全排除他殺的可能。」

他硬著頭皮這麼說完後，風間用微微歪頭的動作詢問他理由。

「理由有兩個。首先是臉部的淤血。」

臉頰發紫腫脹，耳朵和鼻子也有少許出血。比起自殺，這是在他殺場合更常看到的特徵。

「還有，據說她一邊做家教打工，一邊學音樂。」

他翻開記事本，目光掃過剛從公寓管理員那裡打聽到的情報。

「據說，她的夢想是成為歌曲創作人。因此，這張字條也有可能並非遺書，而是她創作的歌詞。」

「這個著眼點不錯。」

「謝謝主任。主任認為呢？」

「是自殺。」風間不假思索回答。

「主任為何能夠如此斷言？」

風間沒回答，只是微微將下巴往旁一努。風間是在示意，鑑識人員正在走動，必須先移步房間角落以免打擾人家工作。

他雖然稱是，動作卻還是慢了一拍。肩膀撞上深藍色制服，對方的口罩底下冒出不耐煩的啐舌聲。他感到脖子發熱，連忙鞠躬致歉。

走到牆角，和風間面對面站定後，刑警前輩命他「摘下領帶」。

手指扣上領帶結。喉頭緊張得汗濕。來到有屍體的現場勘查，這才第三次。

「用那個勒自己的脖子試試。當然，不要用力。」

把領帶比到脖子前面，在後頸交叉後，輕拉領帶兩端。喉結被壓迫，有點想吐。

「那是自殺的情況。」

風間簡短表示，豎起食指。把那根手指對著他轉一圈。意思是叫他轉身。

他一百八十度轉身，變成背對風間。同時，手中的領帶也被風間奪走。

「現在我要勒你脖子。放心。我不會用力。」

領帶緩緩纏繞脖子的觸感，比剛才自己動手時更不舒服。

「這是他殺。——知道和剛才的差別在哪裡嗎？」

「是……頭髮嗎？」

「沒錯。」

如果是他殺，凶手會不管三七二十一就從頭髮上面勒住脖子。幾乎絕大多數都是那種情況。可如果是自殺，繩子多半從頭髮下方繞。因為自殺者會不自覺地避免繩子纏住頭髮時的疼痛。

他就這樣一邊回想以前在哪學過的知識，一邊再次望向女學生的遺體。的確，尼龍繩藏在頭髮下方看不見。

「還有，你檢查過繩子的交叉處吧。是在脖子的哪裡交叉？」

「後方中央。」

「這點也是自殺事件多半會看到的特徵。」

人體大致左右對稱，因此如果自己勒自己的脖子，的確應該會自然而然在中央交叉。

「如果是他殺，通常會在脖子前面，略偏左右某一邊。」

「我記住了。」

「走吧。」

就在他跟在風間後頭來到走廊時，無線對講機響了。

計程車內發生命案。現場在W區的路上。被害者已停止心肺功能，確認死亡。請求到場勘驗。根據身上的駕照，被害者是現年三十九歲的男性。姓名是蘆澤健太郎——

4

W區的現場，計程車司機裹著毯子。

「要不要來一根？」

瓜原來到自稱坂野的司機面前，遞出七星菸盒。因為靠近時，對方身上的制服微微散發菸味。坂野平時肯定抽菸。

遇到人時，先聞聞對方的味道。

這段期間記事本記下了風間的種種教導。這就是其中之一。

「我還以為他睡著了。」

沒想到竟然被殺了……。面對帶著嘆息吐露後半句的坂野，瓜原彈開打火機蓋。

「我知道凶手是誰。」坂野將菸頭舉高湊近火的手還在顫抖。「是個小姐。年齡大約三十歲左右。那位小姐下車的地點我也記得。是X區。就在快到X大樓的地方。」

「你記得她的長相嗎？」

嘴裡很乾。進入風間道場才一個月。指導官本人隨時跟在身邊監督，因此每說出一個問題都會不由自主地強烈緊張。

「這我就不知道了。因為那位小姐一直戴著面具。」

「面具？什麼樣的？」

「上面有很華麗的裝飾。好像該叫做眼罩？就是那種只有上半截的。」

「那你只看到她的嘴巴和下顎？」

坂野或許是半肯定半否定，歪著腦袋像點頭又像搖頭地晃了一下。「是那樣沒錯，但是眼睛一遮住，就完全無法判斷長相。」

瓜原從記事本撕下一張紙，連筆一起遞給坂野。這是要讓坂野畫出女人戴的面具。

如果運氣好，或許能從面具的入手管道查明女人身分。只要逐一清查派對用品專賣店應該就行了。不過，手巧的人也會自己做面具。女人的面具如果是自製的，這條線的調查就會碰壁。

面具女當時似乎喝醉了。如此說來，應該可以推斷某處舉辦了化妝舞會，女人是剛剛赴宴歸來。如果清查派對會場，或許能得到什麼線索。

不過，如果是在公寓一室偷偷舉辦的祕密聚會怎麼辦？若是那樣，調查起來就麻煩了。

被害者是牛郎店老闆。生意似乎很好，女性常客想必多達數百人。就算逐一詢問，也是相當累人的工作……。

「女人付了到W區為止的車資是吧？」

「對。不過，她付錢時還戴著手套呢。」

從女人手裡拿到的紙鈔或硬幣應該有指紋——這個期待，也被坂野的搶先回答徹底擊垮。

為了掩飾不留神冒出的啐舌聲，瓜原探頭看車內。

「監視器呢？有裝嗎？」

「很抱歉，還沒有。」

據說第一協同交通公司目前正從人口較多地區的車輛依序裝設車內監視器。坂野駕駛的二十五號車，預定下下個月才會安裝。

請坂野抽第二根菸時，轉頭向後一看，不知幾時風間已經不見了。

根據坂野的證詞，被殺的蘆澤曾在車上操作平板電腦。不知是簡訊還是電話的收訊鈴聲據說是〈瑪莉有隻小綿羊〉的旋律。

攜帶型電子產品……。其中應該有關於女人身分的資訊吧。這麼一想，他連忙檢查蘆澤的包裡有無平板電腦。

沒找到。看樣子是被女人帶走了。

算了。反正只要取得許可令去電信公司一查，立刻就能知道蘆澤的通聯紀錄……。

彷彿是算準他詢問完坂野的時機，一個人影從附近超商出現。是風間。

「拿去用。」

風間扔了什麼過來。是暖暖包。似乎被風間甩動過，暖暖包已經開始發熱。

「不好意思。」

在風間的催促下，回到他們開來的便衣警車。

瓜原在駕駛座坐下後，風間就在副駕駛座攤開地圖。好像是剛剛和暖暖包一起從超商買來的。是萬分之一的比例，詳細記載了周邊道路。

「你問過司機行車路線了？」

「是的。」

「那你應該能指出路線吧。」

風間在地圖上放下一枚一圓硬幣。他叫瓜原把硬幣當成計程車，在地圖上比出載著女人經過的路線。

瓜原將指尖放在硬幣上，開始在地圖上開車。

沒過多久他就產生疑問。蘆澤告訴司機的目的地是「X大樓」。可是，在抵達目的地之前，他吩咐司機走的是繞了一大圈的路線……。

他一邊在腦中尋找原因，同時繼續模擬從坂野那裡問來的路線。

「司機的證詞中，你認為最值得注意的是哪一點？」

「是X大樓這個地點。被害者當初告訴司機的目的地就是那裡。蘆澤應該是想把女人送到那棟大樓吧。若是這樣，女人想去那裡做什麼呢……」

自己的語氣越來越弱。他很清楚這點。X大樓是四十五層的超高層建築。在擁有五十萬人口的M市內，想必是第一高樓。內部承租者應該超過一百戶。每一瞬間都有人頻繁出入。在那種場所打聽情報意外困難。

「還有呢？」

「還有應該就是『女人戴著面具』這點吧。」

是什麼樣的原因讓女人在室外和車中戴著威尼斯面具？那是重要關鍵。蘆澤命案想必是突發性犯行。但是說不定得根據戴面具的理由，判定女人是有預謀地在計程車上殺人。

「慢著。不對啊。司機沒有這麼說吧。」

「……不好意思，他說了。明明就有。」

「你確定沒錯？」

「沒錯。」他在地圖上繼續移動一圓硬幣，一邊斬釘截鐵回答。「賭上我這個月的全部薪水都可以。」

他有點懊惱這句台詞太多餘，可是話一旦說出口就再也收不回。本來打算趁這次被拔擢為刑警的機會，扭轉朋友們對他個人「輕浮」的評價，他痛切感到，人還真是江山易改本性難移。

「司機的證詞你錄音了吧。」

「……是的。」

「那你再重聽一次。」

瓜原從外套的胸前口袋取出ＩＣ錄音機，按下播放鍵。

那位小姐一直戴著面具。

坂野的證詞是這麼說的。不是「女人」是「小姐」。風間當成問題的，就是這個細微的差異。

「這個月的薪水你就好生留著。順便再多說一句，你該先拿薪水去理髮。」

「慚愧。」瓜原摸摸過長的髮尾。

——再過三天如果還是那樣，我就替你省下理髮費。

昨天傍晚搜查一課課長拿著事務剪刀一本正經地逼近時就是這麼說的。

連日來四處打聽情報還要寫公文到深夜……。理髮店在縣政府警察局大樓的地下室。出了搜查一課辦公室，只要走下六十級台階就能抵達，但那短短的距離異常遙遠。

「你認為司機為什麼用『小姐』的說法？」

「那是指客人，自然會用比較有禮貌的說法，應該就這麼簡單吧？」

「那或許也是原因之一，但你不認為有其他理由嗎？」

「至少，應該可以說，坂野對面具女並無惡感吧。」

風間點頭。「若是這樣，那又是為什麼？」

被這麼一說的確很奇怪。在自己的車上搞出命案。如果是華廈或公寓的「凶宅」或許還有人肯租，但是那輛計程車又該怎麼辦？車子和房子不同，空間狹小。就算把後座的座墊整個換掉，恐怕也不能再拿來做生意。

彷彿可以清楚看見，坂野被上司責問為何載那種惹禍的客人，只能低頭無語的萎靡模樣。身為司機照理說生氣是理所當然。

「我不知道。」

「別這麼輕易放棄。動腦子想想。我可以給你時間。」

風間的手指把地圖上的一圓硬幣拖過來。

「不過，當然不可能毫無限制。」

風間以每秒前進五公釐的速度開始移動硬幣。終點是坂野讓女人下車的地點。風間要求他在這枚一圓硬幣抵達該處之前找到答案。

「如果說不出讓我滿意的答案，這次我可真的要扣你這個月薪水了。」

瓜原迅速瞄了風間的表情一眼。看不出是說真的還是開玩笑。

扣薪水沒關係，至少留一筆理髮費好嗎——本來自己應該會這樣接腔，但當下這種狀況不容他耍嘴皮子開玩笑。他反倒緊閉雙唇。再次把錄音機拿到耳邊，用二倍速重聽坂野的證詞。

過了五分鐘他才抬起頭。

「我想，理由大概是這個。」

他稍微倒帶，放大音量後播放坂野的證詞。

那位小姐，嚴格要求遇害的那個人綁好安全帶。

風間以眼神贊同。

二〇〇八年道路交通法修正，後座乘客也被強制要求繫上安全帶。萬一被警察發現，扣分的不是乘客是司機。司機如果曾確實要求乘客繫上安全帶，有時可以免於被開罰單，可是實際上，司機害怕得罪客人，好像多半保持沉默。

「那女的是在替坂野著想嗎？」

如此說來兩人或許認識？不，如果真是那樣，就算女人戴著面具，坂野應該也認得出對方是誰。

那麼，是坂野刻意隱瞞嗎？應該也不對。那位司機並不是能夠在警察面前發揮精湛演技的人物。

既然如此，女人執著於安全帶的理由是什麼……。

5

新進貨的葡萄酒杯陳列完畢時。

「不好意思。」

一個客人對她發話。是個身材高大又結實的男人。年齡大約二十六、七歲吧。

日中弓將雙手在肚子前交握，三十度角鞠躬。「歡迎光臨。今天您想找什麼樣的商品？」

「我太太生日快到了，我想送她餐具當禮物。」

「很樂意為您效勞。」

「麻煩妳了。就算是同樣的菜色，據說味道也會因餐具而大不同。」

「您說得沒錯。餐具是吧。請問您想買哪一種呢？」

「我想先買碗。」

「那麼，您看這個如何？」

她推薦輪島漆器。

「漆器啊……。是好東西沒錯，但是這種東西剛開始使用時，會有股怪味吧？」

「漆器的氣味是來自漆氧化酶（laccase）這種酵素。只要用稀釋過的醋擦拭，就能去除異味。如果嫌麻煩，把漆器埋在米中三天也可以。」

「原來如此。」客人拿起輪島漆碗。「好吧。那就買這個。顏色帶有暖意很不錯。就像人血。」

客人說的話，讓前晚看到的情景重現心頭。把刀子捅進蘆澤胸口時，他的鮮血想必在風衣底下逐漸滲透衣服，說不定，正好就像這漆器的顏色……。

驀然回神才發現。這名男客盯著她的眼睛。

「妳怎麼了？臉色好像不大好。」男人的視線向下，轉移至她的名牌。「日中小姐，妳沒事吧？」

「謝謝您的關心。我沒事。請問還需要什麼別的嗎？」

「我太太喜歡音樂，高中時還加入了管樂社。」

「真巧。我也是。但我是國中時。」

「上次我看雜誌，有一篇是報導『可以當樂器的杯子』。」

「是。最近那類型的杯子也有很多種。」

杯子大小各有微妙差異。她介紹七個杯子一組的商品。只要用附贈的小錘子輕敲杯緣，就會根據杯子的大小，發出從哆到西的七個音。

「好像很有趣。我可以試一試嗎？」

她配合男人的要求，從盒子取出樣品。

「我不會太難的曲子，所以先拿四個就夠了。拿可以發出哆和瑞，還有咪和嗖的。」

「好的。」

按照男人的要求把杯子排好後，男人立刻輕輕揮起小錘。

咪瑞哆瑞咪咪咪

瑞瑞瑞

咪嗖嗖

咪瑞哆瑞咪咪咪

瑞瑞咪瑞哆

男人奏出的旋律是〈瑪莉有隻小綿羊〉。

她好不容易才保持微笑。眼睛也沒有閃躲對方的注視。但是窒息感太強烈，令她怎樣都無法壓抑語尾的嘶啞。

這個男人是刑警嗎？

八成是。雖然早有覺悟或許刑警哪天就會找上門，但遠比她預料中更快。殺死蘆澤迄今才過了四十五小時。

應該沒有任何線索足以令對方找到這裡才對，為什麼——。

「我很喜歡。就買這一套七個杯子吧。」

「好的。您就買這些沒錯吧？」

說完之後，她繼續沉靜地吐出長氣。努力不讓對方發現心跳劇烈，是一項很辛苦的作業。

6

窗口射入的晨光，令空氣中飄浮的塵埃發亮。

早上七點前的刑警辦公室內，尚無任何人的動靜。只有值夜的二名學長在沙發上裹著被子。

來上班的瓜原，在強行犯組最後一個位子脫下西裝，捲起襯衫袖子。

去廁所用水桶裝水，拿著抹布回到辦公室時，靠門口最近的位子上出現伊上幸葉的身影，不知是幾時來的。身為事務員的她，只要在八點半之前抵達即可，但今天她也一如往常，提早了一個半小時上班。

「瓜原先生，你的髮型好奇怪。」

「可以別管我嗎？」

今早他在鏡子前拿起剪刀，心想總比被課長剪掉好。外行人自己操刀，自然不可能不奇怪。

「瓜原先生運氣真好。」

「運氣好？妳說我？」他朝水桶彎腰，把抹布浸在水中。「為什麼？」

「當然是因為你能夠跟著風間先生學習。」

雖然只有三個月，但是能夠這樣待在總局的明星部門，比起繼續窩在鄉下分局抓小偷永無出頭之日，的確算是運氣好吧。

他用力扭乾抹布，先擦的不是課長的桌子而是風間的桌子。這倒不是被幸葉的台詞誘導。是向來如此。

「道場的門生永遠會被大家當成『幸運男孩』看待喔。不過風間先生到底是什麼樣的人？」

幹麼問我？妳應該比我更清楚才對，因為比起剛來的我，妳和他打交道的時間更長——他本想這麼說，但是念頭一轉又把話吞回肚裡。風間處理公文的速度驚人。坐辦公桌的時間遠比其他刑警少。既然如此，專門處理事務的幸葉看到風間的時間想必的確不多。

「……這個嘛。」

他把擦完風間桌子的抹布拎到幸葉面前。

「小幸，妳看這有幾面？」

「你說抹布嗎？一面……沒錯吧。」

「真的嗎？」

他把拎著抹布的手交叉翻面，露出之前幸葉看不見的那一面。

「……是兩面嗎？一面還是乾淨的，一面已經髒了。」

「答對了。對於在風間主任麾下受訓剛滿一個月的人而言，看起來是這樣。」

風間從來不會忽略乍看相同的事物之中微妙的差異。說好聽點是敏銳，說得難聽是斤斤計較。那的確是風間這個人的一大特徵。

拿抹布繼續擦桌子時，他在幸葉桌上發現一本書。封面照片是花瓣皺巴巴的植物，大概是康乃馨吧，書名是《庭院花木這樣種》。

「小幸，妳喜歡玩泥巴？」

「對。」

「什麼時候開始的？」

「已經很久了。」

真的假的。這句話也差點脫口而出，幸好及時藏在心頭。那本書還有個副標題是「栽培入門」。顯然是寫給初學者看的。

搜查一課對園藝感興趣的人頂多只有風間。幸葉是被他感化，或是為了有話題跟他說，再不然就是想吸引他的注意——總之不管是哪個理由，可以確定的是她才剛開始。

——這或許就是所謂的「女人會因男人改變」吧。

之後風間本人也到了。先給桌上的小盆仙客來澆水是他的例行日課。澆完水後，風間又在桌上攤開那張地圖。

「主任，我要向您報告昨晚的調查經過。是關於任職C百貨公司餐具賣場的日中弓。」

碰上風間，根本沒必要調查祕密化妝舞會的舉辦場所。也不需要逐一清查多達數百人的牛郎店顧客。

從現場逃走的面具女，很在意有無綁好安全帶。如果不是擔心司機被扣分，那她會關心什麼事、什麼人？是公司。

女人和第一協同交通公司有某種關係。她敢在車內犯案也足以證明這點。因為她八成本來就知道，那輛計程車上未裝設防盜監視器。如果是和公司有關的人，就算知道跑這一帶的計程車目前有無裝設監視器也不足為奇。

只要推論到這裡，自然不用多久就會把目光鎖定該公司少東的未婚妻。那個男人想必曾對日中弓強調安全帶的重要性。所以日中弓受到影響。女人會因男人而改變。

「在那之前先告訴我，你的筆畫是多少？」

風間突然問出這種問題。

「姓名嗎？三十六。」

他覺得這個數字應該算是筆畫較多。每次處理公文必須接連簽名時，他總是寫得很煩。

「那麼，日中弓呢？」

他在手心試著寫出那三個字。「十一畫。筆畫這麼少真令人羨慕。」

「真的是十一嗎？」

「……啥？」

「應該可以更少吧？」

風間冒出這種意義不明的說詞後，在地圖放下一根線。似乎是疊合在蘆澤當時吩咐司機走的路線上。

「那裡最好也擦一下。有泥巴。」

風間一邊在地圖上擺弄那條線，視線掃向他的鞋子。

「對不起。」

他慌忙蹲下。在警察學校被教過很多次。儀容不整會招來嫌疑人輕視。因此警察必須隨時隨地衣著整潔。風間說，對於容許穿便衣的刑警尤其如此。

「說吧。」

他邊拿抹布撣掉腳尖的泥土邊說：「我可以繼續報告了嗎？」

「日中弓對『血』這個字眼出現有趣的反應。聽到〈瑪莉有隻小綿羊〉更是直冒汗。」

他站起來，迅速環視自己全身上下，看看還有沒有哪裡會被指出污漬。

「所以，以我的感覺，那女的應該就是真凶。」

「知道了。——但你還是不夠乾淨。」

這次，風間的視線射向他的手腕。瓜原望向自己的手錶。錶面玻璃的確霧濛濛。

「謝謝主任的指正。」

他呵口氣，拿面紙擦拭錶面。

「可是說到物證，很遺憾，尚未有任何收穫。」

「物證已經有了。」

風間從地圖上撿起那根線。

「……您是說那條線就是物證嗎？」

「沒錯。——在這地圖上，蘆澤上車的地點距離X大樓有七十公分。」

「那又怎樣？」

「你量量看這根線的長度。」

瓜原取出直尺。是二百一十公分。正好三倍。這才想起，坂野的證詞中，好像提到蘆澤曾說「要耗費三倍時間」……。

「主任。要事先擦亮的東西，還有一個吧。」

風間難得笑了。「對。」

瓜原的手伸向自己的腰。透過皮套，指尖可以感到手銬的觸感。對此也已大致習慣，不會再像以前那樣肅然繃緊神經。

不過，唯獨今天例外。

7

叮咚響起的門鈴聲，自從那起事件以來，她總覺得是壓得人喘不過氣的警報。尤其是今天，或許是因為一早就有不祥的預兆，此刻門口被人按響的門鈴聲，聽來只像是某種警報。

「來了！」弓像要激勵自己，盡可能扯高嗓門，打開大門。

門口站著兩個男人。分別是年輕人和中年人。年輕的很面熟。是前幾天來過賣場的刑警。

「上次謝謝妳。」

十五度。年輕男人彎腰的角度，如果用百貨公司的專業術語，是「聊表不好意思的鞠躬」。

「漆碗和杯子我太太都很喜歡。」

「那真是太好了。」

「今天是為了別的事來訪。這是我們的名片。」

兩人遞上名片。她早就料到對方是刑警，因此就算看到上面印刷的頭銜也沒驚訝。年輕的好像姓瓜原，中年人是風間。

「我們正在調查蘆澤先生的命案。蘆澤健太郎。這個名字，您或許知道？」

她低調地搖頭。「我不認識。」

「好的。——那麼，不好意思，可以耽誤您一點時間嗎？」

「恐怕不行。我正要去上班。」

「這個我知道。我們會用警車送您到上班地點。不過在車上要請您回答幾個問題。我們就在外面等您做好出門的準備。」

他們開來的車子，打橫停在公寓的門廳前。她第一次看到上下兩段式的車門後照鏡。這大概就是所謂的便衣警車吧。

瓜原負責駕駛，風間坐在副駕駛座。她被安置在後座。她在無意識中伸手摸索安全帶的扣環。

「請問……現在要去哪裡？」

「請安心。」

開口的是那個叫做風間的刑警。接下來，瓜原似乎會專心開車。

「只是稍微繞點路。」

車子先開往X大樓前。從那裡，開始頻頻左拐右轉地北上。和她殺死蘆澤的那晚計程車走的路線一樣。正好等於是倒過來走當時的路線。

「這個您見過嗎？」

風間取出的是平板電腦。七吋。和蘆澤那台一模一樣。她當然回答沒見過。那晚拿走的平板電腦，她回家後立刻用鐵鎚敲得粉碎，一點渣滓也沒留全扔掉了。

「好的。對了日中小姐，您自己發現了嗎？」

「發現什麼？」

「特徵。名字的特徵。」

「我的名字？」

「日中和弓，都具有同樣的性質。」

「……我不懂你的意思。是什麼性質？」

「三個漢字都能做的某件事。」

「您到底在說什麼？」

「可以一筆完成。」

「……原來如此。我完全忘了。」

自己的名字只用三畫就寫得出來。小時候如此對朋友炫耀的記憶，驀然掠過腦海。

「日中小姐。」

「什麼事？」

「妳殺了蘆澤健太郎先生吧？」

「請你別開玩笑了。我應該說過我不認識那種人。」

「妳說謊。」

「你太無禮了。」

「和蘆澤先生一起搭乘計程車的，就是妳。」

「你有證據嗎？」

車子大約行駛十五分鐘後停下。那裡正是當晚她和蘆澤上計程車的地點。

「我要在這裡下車。」

就在她手摸到門把時。

「請等一下。」

風間再次舉起平板給她看。

「日中小姐。妳當然也知道衛星導航功能吧。」

風間拿的平板電腦，顯示出此刻位置的地圖。以及車子行駛過的軌跡。

「剛才這十五分鐘走過的路線，就是這個。」

她定睛注視地圖上出現的線條時，駕駛座的瓜原透過車內後視鏡射來犀利的視線。

「妳的名字真的很方便。連紙筆都不需要。用什麼東西都能寫。不管是鉛筆或原子筆。還有，在地圖上放一條線也能寫。另外，用車子也可以。」

地圖上顯示的軌跡，每個字都向下歪斜，但文字末端與末端連接，的確形成了直寫的「日中弓」這三個字。

送妳平板電腦吧。當時蘆澤主動這麼提起時，也說過「同樣加上妳的署名」。利用道路浮現的姓名——那似乎就是他所謂的「署名」。

看來從今天起，暫時不能去上班了。訂好的婚宴會場也得取消。

弓坐回硬邦邦的座位。她已不再尋找安全帶的金屬扣環。

第二話

畫廊的三幅畫

1

那張照片，以特寫捕捉白色喜馬拉雅貓的臉部。

向坂善紀對著放在照片旁邊的畫布慎重揮動面相筆，一根一根描繪細毛。

等他畫完長毛種白貓的肖像時，十月上旬的夕陽已長長照進畫室內。

向坂拿布擦拭筆尖的油畫顏料，一邊起身。他離開畫布，走遠幾步，檢視作品的成果。

門鈴就在這時響起。

難得又出現「想參觀畫廊」的客人嗎？他如此暗忖，抹平頭髮走向對講機，螢幕映出的是身穿學生服的高中生。是匠吾。

向坂走出畫室。穿過相鄰的畫廊，打開正面的大門。

「忽然想來看看你……打擾你了嗎？」

匠吾略微垂眼說，用指尖摳摳眉毛。向坂輕拍他的肩膀。

「怎麼會。進來吧。」

他讓匠吾進畫室。

四年前從向坂改姓苅部，從藝術家之子變成牙醫兒子的匠吾，似乎又長高了一點。每次這樣面對兒子時，他總會後悔和結縭超過十年的朝子離婚，更後悔放棄監護權。

「好久沒看到你了。」

這間「向坂畫廊」附近有一所普通高中，匠吾就是在那裡就讀。這是他上下學必經之路，所以在美術社的活動結束後順道過來並不稀奇，但最近匠吾很久沒露面了。

「對不起。」匠吾低著頭。「最近有很多事要忙。」

今天大概沒有社團活動吧。他的指尖沒有沾染顏料，身上也沒有松節油的味道。仔細想想，匠吾明年就高三了。就算是藝術類的大學，除了術科之外，起碼也要考國語和英語，他或許是忙著念書。

「今天做了什麼樣的工作？」

「這個。」

他把喜馬拉雅貓的照片和畫了貓的畫布輪流指給兒子看。目前他正忙於將客人帶來的照片畫成繪畫的工作。雖然本職是雕刻，但光靠那個難以維持生計，只好開始這項副業。

「動物畫我畫過很多依舊畫不好。我還是比較適合風景畫。——改天我們再一起去熊之背吧。」

向坂試著提起以前和匠吾一起揹著塞滿全套畫具的背包攀登的山脈。

「好啊。」匠吾只是小聲附和，對這個話題毫無興趣。

「對了，你呢？開始準備升學考試了？」

或許身為父親不該自賣自誇，但兒子的確有過人的才華。今後會成長到什麼地步，他非常期待。

他拍拍匠吾的肩膀，望向自己掛在牆上的畫作。

那是二十號的風景畫，主題是熊之背山。被濃密樹木覆蓋的遼闊山頂，彷彿毛髮叢生的熊背。壯闊磅礴。令人聯想到武士或相撲力士的山景充滿魅力，縱使反覆描繪也從不厭倦。

「……還早得很呢。」

「是喔。別把自己逼太緊。」

即使端出匠吾愛喝的葡萄柚果汁，匠吾也沒碰。看起來無精打采。

向坂作畫已有四十年。到目前為止完成的人物畫應該超過上千幅。這些年來他觀察過無數人。所以只要看對方一眼，大致就能知道對方的心理狀態。何況是自己的親生兒子。

「你看。」

向坂將手裡的畫筆沾上黑色顏料。點在自己的唇上，畫出小鬍子，匠吾這才總算賞臉地笑了，雖然只是淺笑。

那瞬間匠吾露出臼齒。以前蛀牙的治療痕跡消失了。因為身為牙醫的兒子用鎳鉻合金補牙太不體面。聽說苅部基於那種理由替他重新治療，換成昂貴的陶瓷嵌體。

「你是不是有什麼煩惱？」

他開門見山地直問，匠吾點頭。

向坂拿一張畫紙給匠吾。也放下繪畫用的炭筆和當作橡皮擦使用的吐司。

繪畫也能夠讓鬱悶的感情昇華，排遣壓力。

「要不要畫點什麼？」

匠吾拿著炭筆，開始在紙上作畫。看到他動筆後，向坂也回去工作。

他內心暗自期待匠吾畫他側臉的素描。去年匠吾曾用油彩畫過一幅父親的肖像畫。順便也畫了朝子的頭像。

之後匠吾用炭筆的聲音停了。

「我畫完了。」

很遺憾，匠吾畫的並非父親的肖像。而是幽靈畫——那就是他看到匠吾畫作後的第一印象。

2

對講機響起，果然如他所料是在晚間九點整。

做牙醫這一行，經常得和病人約定治療時間。大概是職業病，苅部達郎是個相當守時的男人，這點向坂從以前就很清楚。

「門沒鎖，你自己進來。」

他回應後，苅部過了一會才現身畫室。似乎中途稍微參觀了一下畫廊。

「最近匠吾也來過你這裡嗎？」

苅部探頭看房間角落的垃圾桶，一邊如此說道。似乎發現了捏扁的葡萄柚果汁紙盒。這傢伙眼睛很尖。

「對，他來過。」

「什麼時候？」

「昨天傍晚。只是順路露個面而已。——話說回來，今天特地叫你來真不好意思。」

「無所謂。反正我回家也會經過。不過，可以的話真希望你約的是明天。今天我累慘了。」

茆部說著皺起臉。似乎是腰痛。他把手放在腰側，開始替自己按摩。整天在病人身旁彎腰，大概讓他肌肉痠痛僵硬。

他只去過茆部的診所一次。此人是身高一米五五的矮子，但是穿上短版醫師服後看起來氣宇軒昂，令人感到制服的力量真是不可思議。

「你開車來的？」

「沒，還是一樣走路。」

「每天走路上下班，不會有點辛苦嗎？」

茆部經營的牙科診所，就在匠吾就讀的高中附近。不過並非住辦合一，他家位於離此地兩公里的區域。

「小意思，平時正好完全沒時間運動。在我看來，只不過是區區兩公里。」

距離兒子住處的「區區兩公里」，對向坂而言，卻已是世上最遠的距離。

他甚至經常在想，要是當初朝子上顎第二小臼齒沒有蛀牙就好了。

他也很後悔明明有牙科診所離他們家更近，不知怎的他偏偏在那時想起打從國中就結下孽緣的苅部，把妻子介紹去那裡。

結果，妻子的第二小臼齒必須拔掉。缺牙重建有兩種方案。可以選擇保險給付的牙橋，或是沒有保險給付的植牙。當然，後者無論在治療效果或美觀方面都遠遠優於前者。問題是價格也是驚人的一顆五十萬。

做牙橋吧。當朝子找他商量時，一派理所當然地這麼回答的自己也有錯。就算想優先保障兒子的學費，一個不肯投資在老婆身上的小氣丈夫，任何妻子肯定都會失望。

不過，提出如果她同意交往就免費替她植牙的醫生也有問題，一口答應那種提議的女人更不正常。

「你告訴朝子和匠吾要順路來我這裡了嗎？」

「我沒說。我如果跟你見面，他們母子肯定會猜想我們要商量什麼。」

「那我該謝謝你這番顧慮。」

「隨便你。——對了，你要找我說什麼？」

向坂拿起畫有他自己模樣的六號畫布，舉到苅部面前給他看。

「這幅畫你覺得如何？」

本來神情還有點不耐煩的苅部，一看到面前的畫頓時神情嚴肅。

「的確很棒。專業畫家果然就是不一樣。不過，主題就有點令人不敢恭維了。」

向坂把手裡的畫放到畫室中央的工作台上。接著又拿起另一幅。是畫在同樣大小畫布上的朝子肖像。

「那麼，這幅呢？」

「你什麼意思啊，藝術家先生。你還惦記著別人的老婆嗎？」

苅部露出下流的笑容，用不知是說真的還是開玩笑的語氣說出這種話後，環抱雙臂。

「嗯。這幅連模特兒都很完美。一定要掛在我的診所。你要賣多少錢？」

「沒有標價。不好意思，這是非賣品。——那你再看一張。」

把朝子的肖像畫也放到工作台，接著又拿起另一幅。像要戳到眼前那樣給苅部看。這幅不是畫在畫布上，只是畫在紙上，而且不是油彩，是簡單的炭筆畫。

「關於這幅畫，你有什麼感想？」

「喂，別給我看這種東西好嗎。我整天都在和那種東西大眼瞪小眼。過了看診時間後，拜託讓我休息一下。」

向坂給苅部看的炭筆畫，畫的是牙齒的X光片。

「幽靈畫」這個第一印象雖不中亦不遠矣。不，稱為妖怪畫或許更正確。二個牙根支撐的方形齒冠處如果加上眼珠子，看起來可能也有點像身分不明的小怪物蹣跚而行。

「向坂，你幹麼畫這種畫？」

茢部的表情流露一絲不悅。大概以為自己的職業被揶揄。

「理由不重要。看了這幅畫，你有什麼感想？」

「還能有什麼感想，作為繪畫題材就已經很怪異了，線條也毫無感情。就算外行人看了，也很清楚這是自暴自棄畫出來的。」

「是嗎……。老實說，我給你看的這三幅畫，都不是我的作品。」向坂輪番指著工作台上的兩幅人物畫。「茢部。你讚不絕口的這兩幅，都是匠吾去年畫的。——而這一幅，」他伸指彈了一下手裡的畫紙後才說。「是昨天傍晚，匠吾畫的。」

「原來如此。那倒是有點遺憾。年紀輕輕就江郎才盡啊。才過了短短一年。」

「不對！」

向坂把畫牙齒的那張紙揉成一團。

「是你想讓他江郎才盡。聽說你禁止那孩子繼續作畫？」

「這不能怪我吧。如果把時間都拿來畫畫，他會落榜的。無論哪間醫科大學，都沒有好混到可以讓他一邊玩嗜好還能順利錄取。」

「我今天想找你談的就是這個。正如你也誇獎過的，那孩子有藝術才華。能不能讓他將來走繪畫這條路呢？」

「換句話說，你希望我讓他報考T藝大，是這樣嗎？」

「是的。」

「恕我直言，藝術家先生。你老兄的年收入有多少？」

向坂啞然。他羞愧得說不出口。苅部是生意興隆的牙醫師。和默默無聞的畫家相比，收入有天壤之別。

「你看吧。這年頭搞藝術的，根本養活不了自己。我要讓匠吾繼承我的衣缽。那樣對那孩子絕對更有好處。」

——那是我的兒子！

雖然這麼想，但是擁有監護權的是朝子。而且現在苅部是朝子的丈夫，匠吾的父親。

「已經沒什麼好談的了。那我要走了。明天還有一大堆病人預約呢。」

苅部轉身要走。

「等一下。」

他不禁伸出手，從後面拽住苅部肩膀。

「你煩不煩啊。」

他和轉回身的苅部扭成一團。他的手肘撞到下顎咬到舌頭。疼痛令他不由動怒，手臂猛然用力。如果顧及雙方體型的差距，或許該稍微手下留情。但當他這麼想時，被推開的苅部已經整個人失去重心，腦袋撞上工作台的邊緣。

「是你先動粗的。」

他對抱頭呻吟的苅部撂下這句話後，重重在椅子坐下。一邊調整粗重的呼吸，一邊再次望向自己的肖像畫。

「苅部。你再對比一下這兩幅畫。應該會發現筆觸的微妙差異吧？」

向坂用桌上型的小畫架把兩幅畫豎起來。

「我的肖像是用粗獷的筆觸畫的，朝子這幅卻是纖細的筆觸。換句話說，朝子這幅畫得更細緻。——但你知道嗎？」

他一邊用眼角餘光看還躺在地上弓著背的苅部，一邊從椅子起身。

「照我說來，所謂的畫家，越在乎對方就越會用粗獷的筆觸描繪。因為內心的強烈感情不知不覺也傳達到手部，會忍不住格外用力。」

——所以，那孩子應該跟我一起生活。

向坂沒把話說得這麼白，只是朝描繪自己的那幅畫伸出手。他用指尖確認油畫顏料的隆起狀態，一邊等待苅部回話。

他聽見的，只有房間角落空氣清淨機的聲音。

向坂的視線從畫作轉向地板。

苅部似乎沒有呼吸。

他屈膝跪地，把耳朵貼到穿著布勞森外套的苅部胸口。聽不見心跳。

他做了人工呼吸，但牙醫師還是沒有起死回生。

他很清楚自己的臉上霎時失去血色。腦子也倏然變輕，前所未有的強烈目眩襲來。昏暗的視野中，他搖搖晃晃起身。這種情況，該打一一〇還是一一九？他遲疑地朝電話伸手。

然而，拿起的話筒又被他用力放回去，他慌忙關掉畫室的燈。

他在黑暗中屏息。因為匠吾的臉孔浮現腦海。那孩子，現在還需要我。

幸好，此刻似乎四下無人。應該沒有被任何人聽見動靜。窗子也垂掛著百葉窗，不用擔心被人從外面看見。

不管怎樣必須先處理屍體。

找個地方埋起來。他只能想到這個主意。不過，在那之前必須先清除能夠查明身分的東西。

他把茆部搬到浴室。相較於輕量級的對方，他的身高有一米八，體重也有八十公斤左右。以這樣的體型差距，要做到並不難。

在浴室鋪上塑膠布，把衣服全部脫掉。將茆部的屍體也剝光放在塑膠布上，之後他拿起版畫用的小刀。用那把刀，先對準屍體的右手大拇指。

削除指紋時他想到的，是手心的皮膚或許也剝掉比較好。他聽說掌紋也是個人身分識別的重要線索。

想到這裡，向坂動刀的手頓時停止。

既然如此，乾脆整個切斷更省事……。

他把小刀的刀刃轉而抵上屍體的手腕。

分割人體不需用力。只要切斷骨頭之間的韌帶即可。他做夢也沒想到，學生時代習得的美術解剖學知識，竟然會在這種地方派上用場。

兩隻手掌都割下後，向坂望向苅部的臉。這個又該怎麼處理才好？是用鐵鎚敲爛，還是拿瓦斯噴槍燒？

不，就算那樣毀容，還是可以從牙齒查出身分。那就只能採取和手掌一樣的方式處理。

他放下小刀，改拿起木雕用的鋸子，將鋸刃對準苅部的喉結。和手掌不同的是，這次必須努力壓抑嘔吐的衝動。

大致處理完畢後，將兩個特大號塑膠袋套在一起。裝入苅部的胴體，放進當做自用車使用的豐田可樂那小貨車。把尖鏟和方鏟也扔上車。

手掌和頭顱怎麼辦？放血後用報紙包好，當成垃圾丟掉應該就行了吧？不，那樣或許會因為臭味被發現。也可能被野狗或烏鴉咬破袋子。那就敲碎骨頭把肉絞碎，沖進馬桶？或者將金屬融化裹在外層再扔進海裡……？

還有時間。只要仔細想個最安全的方法就行了。幸好畫室裡各種創作用的工具和材料一應俱全。只要利用那些，辦法應該多得是。

他坐上可樂那，發動引擎。

目的地是他熟悉的熊之背山。

今天不是假日，而且又是這種三更半夜。應該不會被人看到，但是為了保險起見，還是先開到五合目[1]的停車場吧。從那個登山口稍微往旁走。那一帶的樹林茂密，土應該也比較好挖……。

1 合目，從山腳至山頂的登山行程單位，和實際距離或山脈標高無關，按登山的難度將行程分為十等分，分別稱為一合目、二合目等。例如，富士山登山起點是五合目。

3

山路太陡峭，大腿已經發燙。

折本直哉暫時停腳調整呼吸。

「我馬上就追上，不用等我，您先走吧。」

對走在自己前面的風間公親這麼說完，折本彎腰雙手撐膝。

指導官風間頭也沒回，只撂下一句「別遲到」就大步先走了。折本忍不住懷疑此人是否真的比自己大了快二十歲。

一週前的大雨導致土石坍方。修復工程尚未完全結束，熊之背山目前開車只能到達四合目。要繼續往上只能走登山步道。

終於來到五合目的停車場時，他已經上氣不接下氣。腳上的運動鞋也沾滿泥巴。

從停車場沿著登山步道走一小段路後，只見先行抵達的本地警員和鑑識人員已聚集圍成人牆。風間若無其事地站在一旁。

一走近，就聞到些許腐臭。雙手戴上白手套，嘴巴也戴上口罩後，他隔著鑑識人員的肩膀探頭窺看人牆內。

沾滿泥土的裸男，躺在藍色塑膠布上。

但是四處都沒看到頭顱。

折本努力用鼻子調整呼吸，試圖壓下湧現的噁心。

「你再仔細看看這具遺體。應該有一個奇怪的特徵吧。」

被風間這麼吩咐，折本拿手帕擦拭眼鏡片。接著下定決心走近一看，這才慢半拍地發現屍體左右手掌都被切除。

「這應該是要讓人無法採集指紋和掌紋吧？」

「除了那個還有。」

他又繼續凝神檢視，但並未發現什麼特徵。勉強要說的話，頂多是死者相當矮小吧。這麼瘦弱的體型，凶手處理起來想必很輕鬆。

「如果不知道就畫畫看。要盡可能正確描摹。」

折本取出記事本和筆。每畫一條線就越發想吐。自然不可能指望他深入觀察。

不過話說回來，沒想到自己真的能來總局搜查一課工作……。

成為刑警，在本縣西北部的Ｋ分局負責調查竊盜案後他才發現，縣警局沒破案的殺人命案出乎意料地多。

便衣工作三個月後，在腦海幻想自己成為總局搜查一課刑警的次數也越來越多了。就在那個節骨眼上，他被叫去分局長辦公室。

——高興吧，已確定你下週起可以去總局的道場成為門生了。

我很久沒練了，所以坦白說很擔心自己能否勝任……。之所以這樣回答分局長，是因為他以為自己是被選為柔道特練生。

——不是柔道道場。是風間道場。

分局長補充的這句話，令他從不安轉為恐懼。

風間道場。這是對懸案增加頗為惱怒的本縣警察局長，為了培養優秀刑警特地發起的一種機動部隊。

從各分局勤務三個月的刑警挑選入門者，來到總局搜查一課跟隨指導官風間。指導是以實際偵查當時發生的命案這種所謂的ＯＪＴ（On Job Training）方式進行。入門期間同樣是三個月。等到一人畢業後，又會有新的入門者從某個分局被選派過來——。

「還沒發現嗎？」

「脊椎好像是歪的，看起來左肩比右肩高。」

「很好。你的眼神還是不錯嘛。那麼，為什麼會左肩較高？」

不知道。可能是所謂的天生畸形才會變成這樣吧？

「提示就在你這裡喔。」

風間說著，指向自己的腦袋側邊。好像是叫他用腦子好好想想。

「總之，恐怕得一段時間才能查明死者身分吧。」

屍體沒有頭顱也沒有手掌。解剖之後如果發現有特徵的手術痕跡那當然另當別論，否則只能調查ＤＮＡ，和失蹤人口的資料比對。可是就算做ＤＮＡ鑑定，也需要二星期才能拿到結果。

「不至於。」風間看著遺體回答。「剛才我問的問題，如果你答得出來，應該可以意外輕易地立刻判定死者身分和嫌疑者。而且破案的線索不只是這具遺體。只要用用腦袋，還能發現別的。」

話是這樣沒錯啦……。

「要不要來比賽？」

「……您的意思是？」

「和時間比賽。在ＤＮＡ鑑定查出身分之前，就先逮到犯人。」

「要比賽的，是我們？」

「不是『我們』。是你。」

他不知該如何回話。根本做不到。他當下如此直覺。

「可是，那種比賽有意義嗎？只要稍等一段時間，或許就能確定這個死者是誰了。」

在DNA結果出來之前行動，他怎麼想都覺得是白費力氣。

「剛才這句話，你對著這個被害者也說得出口嗎？」

他只能低頭。

「……如果輸了這場比賽，會怎樣？」

「當然是不配當刑警。我會替你寫調職申請給局長，讓你回去派出所上班。」

從熊之背山的現場回到局裡，正在自己的座位準備資料時，事務員伊上幸葉問他：

「折本先生，你的耳朵是怎麼搞的？」

「我高中時練柔道。」

自己的耳朵是所謂的菜花耳。專心投入格鬥時，撞擊和摩擦會使耳朵的微血管膨脹破裂。演變成慢性的毛病後，淤積的血液就會結塊，耳朵變得像硬瘤。

「對了，妳來得正好。聽說伊上小姐是從柏塚區通勤上下班。」

「是沒錯。」

「那麼，這裡面有妳認識的人嗎？」

他在幸葉面前放下幾張直接從電視螢幕拷貝下來的紙。

「……有很多個噢。那又怎樣？」

「我想請妳用紅筆把臉圈起來。不過，不是圈妳認識的人，而是妳不認識的陌生面孔。」

折本跑遍本地各家電視台直到剛剛才回來。

因為從現場回來的路上，他忽然靈機一動。

大雨造成土石坍方，一座小祠也被土石流沖走了。那是熊之背山麓的柏塚區居民負責管理的小祠。

遷移小祠選中的預定地，就在五合目的登山口附近。進行遷祠工程時在周邊做了調查。遺體就是在調查途中發現的。

下大雨是一週前——十月十九日和二十日這二天。土石坍方導致道路無法通行，修復工程是二十一日中午開始的。當時電視台也有播映施工情況，自己也看了新聞節目所以很清楚。

他也知道，由於是祠堂被沖走，因此施工開始時，本地居民曾站得遠遠的圍觀怪手操作。加上二十一日是星期天，聚集的人數也特別多。

——這時，凶手會是什麼反應……。

自己埋屍的山上發生土石坍方，應該會擔心得坐立不安吧？

既然如此說不定犯人就在圍觀施工的人群之中？

不過犯人應該不是柏塚的居民。就人類心理的角度來考量，不大可能埋屍在自己的住處附近。

如此說來，圍觀者之中非柏塚居民的人或許就是犯人。

當然新聞報導不可能拍到所有的圍觀者。所以這項調查欠缺確實性，但是至少勝過什麼都不做。

折本一邊這麼想，不經意望向風間的桌子。那裡此刻放著一張A４大小的紙。平時整理得很乾淨的桌上，難得有東西沒收拾。

他再定睛一看，那張紙的抬頭印刷著「調職申請書」。底下是姓名、目前所屬單位、希望調動的單位、希望調動的時期、希望調職的理由等項。而且在姓名及目前所屬單位的項目，風間已用異常工整的字跡填好「折本直哉」和「刑事部搜查第一課」。

「……先生。折本先生你聽見沒？」

他這才發現有人喊他名字，連忙朝幸葉轉頭。

「我圈好了。我想應該只有這個人不是本地人。」

幸葉畫圈的，是個和折本自己一樣高大的男人。身高應有一米八，體重八十公斤左右。不知是從事哪一行。留著山羊鬍看起來很像藝術家。

4

折本在停靠路肩的便衣警車駕駛座壓低身子，瞥向車門後照鏡映現的「向坂畫廊」那棟建築。

公車載著許多上學的高中生，經過畫廊門前。

根據電視新聞的影像，借助幸葉鎖定的目標人物，是向坂善紀。現年五十一歲的藝術家。

自己這樣監視能夠獲得許可，可見風間或許也早已盯上向坂。

關於被鎖定為嫌疑人的向坂這名藝術家，他用了前天和昨天這二天進行私下調查。

獨生子匠吾國一時，向坂與妻子朝子離婚。匠吾的監護權歸朝子。

和朝子再婚的是苅部達郎。五十歲的牙醫師。據說他們家族全是牙醫師或齒科大學的教師。因此匠吾最近的升學志願據說也從藝大改為齒科大。

進一步調查後，發現苅部達郎自十月十一日就下落不明。

「主任有喜歡的畫家嗎？」

「喬治歐．德．奇里訶。」坐在副駕駛座的風間，幾乎是不假思索就做出答覆。

「你看過任何奇里訶的作品嗎？」

「他畫的是什麼樣的畫？」

「最有名的應該是《一條街的神祕與憂鬱》吧。畫的是一個女孩玩著滾鐵輪跑過街道。」

「啊，那個我知道。」

國中時的美術課本封面就是風間說的那幅畫。記得在那幅畫裡，除了少女，好像還描繪了白牆建築，以及某人拖得長長的影子。

「好像有不少人都在奇里訶的畫中發現自己的心象風景。」

被這麼一說的確是，每次看到那本課本，都會油然產生一種感覺，彷彿以前曾在哪見過這樣的風景。

「以你的行事作風，應該也沒聽過伊夫．坦基這個名字吧。」

「……慚愧。那個人也是有名的畫家嗎？」

「對。」

伊夫．坦基尚未成為畫家前有樁軼事。住在巴黎的他，搭公車時，從車窗看到某家畫廊掛著一幅畫。坦基連忙下車，衝進畫廊。如此吸引他目光的，就是奇里訶的畫。於是坦基當場下定決心，自己今後也要成為畫家——。

風間告訴他這個故事。

令人想起心象風景的畫作。如果是懂畫的人看到那樣的作品會怎樣呢？想必會覺得那就像是自己親手畫出來的畫。既然如此，就算同時明確想像出自己將來成為畫家的模樣也不足為奇。在那一刻，那樣的心理作用大概也在坦基這個人的身上發生了。

不過話說回來，風間對藝術似乎也相當精通。自己知道的畫家頂多只有畢卡索和梵谷。如果不加強一下藝術素養，說不定哪天會出盡洋相……。

就在他這樣擔心時，一個留著山羊鬍的高大男人從畫廊走出來，開始在建築物前掃地。

是向坂善紀。表情陰沉。大概是沒睡好，從這個位置都能清楚看出他的黑眼圈。

——被逼得走投無路的，不只是你。

風間的桌上。那張故意放在那裡讓自己看到的調職申請書，今早一看，之前還空著的希望調職單位，不知幾時已被風間親手寫上「K分局地域課」。

「是個大塊頭呢。」

「如果單論體格，你應該也不比他差吧。」

副駕駛座的風間扭頭，眼眸倏然一動，彷彿要上下掃描他的身體。

「你好像打從警校時代，逮捕術的成績就特別優秀。」

這是事實，所以他沒有假惺惺謙虛，只是老實點頭。想必這點，就是他獲選來到風間道場的理由。除了專心學柔道，他從小也在祖父的影響下熟悉劍道。混合兩者的競技他不可能不拿手。

「難得培養出來的技術，可別放鬆鍛鍊。」風間扭頭面對正前方，視線垂落車門後照鏡。「因為有時也得和那種孔武有力的嫌疑者格鬥。」

「是。」

此外，也聽過警界同仁被逮捕的犯人懷恨在心，遭到意外攻擊的例子。等這個案子了結，就重新開始練柔道吧。

「從今天起我想試著動搖一下那傢伙，可以嗎？」

徵求許可前，折本先喀的折了一下手指。

5

今天拿畫筆的右手也在抖。

向坂用左手按住顫抖的手腕，但筆尖還是不穩。

這是非假日的白天，他卻忍不住喝酒。

喝著威士忌加冰塊，他翻開前天——十月二十七日的早報。再次重讀不知已看過多少次的「熊之背山無頭屍 遷祠調查時發現」這篇報導。

土石坍方。這個完全沒料到的突發事態，令他徹底慌了手腳。苅部的遺體會不會暴露？他坐立不安，也沒好好確認坍方地點，回過神時已經去了修復工程的現場。

幸好，土石坍方發生的地區，並未包含他埋屍的五合目登山口，他這才鬆了一口氣暗自慶幸。

偏偏就在這時。

調查祠堂遷移地點時居然被挖出來了。這該不會是什麼冤魂作祟吧。他忍不住認真思考這個荒謬的念頭。

茢部的頭顱和手掌，最後被他開車載到別的山區，埋在半山腰。為了避免被動物挖出來，也為了加快腐爛，他還撒了大量的石灰，因此他本以為可以暫時安心了，可是發生這種事情後，他也開始擔心那邊不知會怎樣。

來客感應器出現反應，門鈴響起。好像是畫廊有客人來了。

向坂用芳香劑遮掩酒味後才出去接待客人。

客人是個二十六、七歲的年輕男人。帶著細框眼鏡，感覺是個纖細斯文的人物，可是再一看耳朵，就會清楚發現此人頗有武術經驗。

「聽說這裡可以把照片變成畫作是吧。我從今天起會定期拿幾張照片過來，可以麻煩你嗎？」

「當然沒問題。謝謝惠顧。——那麼，請您在這張訂購單寫上姓名及聯絡方式，還有希望的畫作號數。方便的話也請寫上年齡和職業。」

「大約長四十公分、寬五十公分就行了。那樣是幾號？」

「十號。一幅收費一萬五，可以嗎？」

「沒問題。大概多久能畫好？我想請你畫的是風景。」

「五天後絕對能交件。」

「好。──對了，我想再請教一個問題。」

「請說。」

男客朝門口扭身，指著面對馬路的櫥窗。

「放在那裡面的畫是你的作品嗎？」

「不是。我的畫不大受歡迎，所以櫥窗裡放的是知名度更高的其他畫家的作品。」

「你向來不把自己的作品掛出來？」

「那倒也不是。」

「那我想拜託你一件事。」男人拿原子筆填資料，同時說道。「畫好的畫，我希望擺在門口的櫥窗裡。讓來往行人都能看見。」

這個客人的要求很奇怪。

「可是，那樣您不介意嗎？」

姓名・折本直哉・年齡・二十六・職業・公務員──向坂一邊檢視訂購單的姓名一邊這麼問道，男人點頭。

「對。這是我經常走的路線。這樣的話，比起放在我自己的家裡，看到的機會應該更多。」

「原來如此。既然是這樣，那當然沒問題。」

「那，先麻煩你畫這張。」

客人從懷中取出一張照片，塞到他手裡後就轉身離去。

「謝謝光——」

對著離去的背影說的那句話，之所以沒說完就被他不由自主吞回肚裡，是因為他看到折本這個男人留下的照片。

上面拍攝的，顯然是熊之背山的遠景。

6

折本在「向坂畫廊」的前方不遠處就下了計程車。

他走到櫥窗前。櫥窗中，按照約定掛著五天前委託的第一幅熊之背山的畫。

正要走過時，忽然察覺異樣，折本不由駐足。總覺得畫的大小不對勁。他委託的應該是十號，可是尺寸明顯不對。

太大了。

長有六十公分，寬也有八十公分左右。以風景畫的這種大小，應該是二十五號才對。

那位畫家該不會搞錯了吧？折本雖然訝異，但是再一想，至少總比畫太小要好，於是離開畫廊前。

該怎樣才能讓向坂招認呢？他絞盡腦汁想出的結論，就是讓向坂描繪棄屍現場的畫，藉此動搖他的意志。

他這樣告訴風間後，風間的第一句反應，是「太浪費了」。

——好好一幅畫，結果只有向坂和你能看到嗎？

聽到這裡，他才明白風間的言下之意。風間的意思是，讓不特定多數的人都能看到畫，對向坂造成的心理壓力應該會更大。

於是他提議那就讓向坂放在「向坂畫廊」的櫥窗展示，也得到風間的同意，可是那時，不知怎的風間好像露出一絲淺笑，是自己的錯覺嗎……。

折本正要去畫廊不遠處的高中。

他守在校門陰影處，不久放學鐘聲響起，學生絡繹走出。

向坂的兒子匠吾那張臉，他早已看過照片多次深深烙印在腦海。之後果然有個長相和體型都和向坂很像的男學生出現。

折本跟蹤匠吾。

匠吾身為失蹤者的兒子，之前就接受過一次訊問。可能還是心力交瘁導致體重下降吧，比起那時，背影好像瘦了一點。

匠吾去的地方，是離學校很近的公車站牌。

折本假裝成等公車的乘客湊到他身旁。匠吾站著就從書包取出參考書開始看。

之後公車來了，匠吾拿著參考書上車。

折本也隨後上車。車內很擠，沒有空位可以坐。他混在其他乘客中，越過匠吾一直走到公車最裡面，站在可以從背後觀察匠吾的位置拉著吊環。

公車在「向坂畫廊」前遇上紅燈，之後繼續向東行駛。

幾屆之前，風間道場有個門生叫做瓜原潤史。折本在調派總局前夕，在縣內西北區的防犯志工交流會上和瓜原碰面時，曾經拜託他傳授一招在道場學到的東西。

——女人會因男人改變。男人會因女人改變。

那就是瓜原當時的回答。或許是不錯的名言。

接近下一站，公車減速後，匠吾把一直在看的參考書放回書包，轉而取出公車票卡，似乎要在這裡下車。

匠吾放開吊環。就在那瞬間，匠吾忽然向後轉頭。四目相對。

折本微微嘖了一聲，也撥開乘客朝公車的前方走。在收費箱扔進零錢後，追上穿學生服的背影。

「你怎會發現行確？」

沒打招呼就直接這麼問後，轉頭的匠吾一再眨眼。似乎不懂「行確」的意思。

「行動確認——也就是跟蹤的意思。」

「因為刑警先生和別人格格不入。」

「格格不入？怎麼說？」

「比方說動作或服裝之類的。」

會嗎？無論動作或服裝，折本自認已經充分融入周遭了。

不過仔細想想，匠吾繼承了藝術家的血脈。感知能力不可能普通。更何況，從學校去公車站搭車是他每天固定的行為模式。在那樣的日常生活中只要稍微摻入異物，身體的感應器大概就會自然產生反應吧。

「我爸爸是犯人吧。」

爸爸。現在的父親應該是苅部，匠吾卻那樣稱呼向坂。不，更大的問題是，匠吾的語尾用的不是「嗎」而是「吧」。

「目前還無法斷言。而且今後說不定還會出現其他的嫌疑人。」

匠吾的直覺很敏銳。想必也已看穿他此刻的回答是謊言。

「很久以前，歐洲有一個畫家叫做卡拉瓦喬，你知道嗎？」

「我聽說過喔。」

這幾天，折本只要有空就拚命填鴨繪畫知識。這個名字，記得也在幾本書上看過。

「卡拉瓦喬是殺人凶手。據說至少殺了兩個人。但他還是留下許多偉大的作品。」

彷彿是要鼓舞自己，匠吾用略顯激動的語氣一口氣說完。

他八成很喜歡向坂的畫吧。也許他在擔憂父親將因被捕從此停筆。

和匠吾道別，搭計程車回到局裡時，風間已在座位上。

折本站在桌前報告跟蹤經過時，視線不由被依舊放在桌上的那張調職申請書吸引。

每次看到時，調職申請書的內容都變得更完整。要求填寫的項目中，本來還空著的只有希望調職的理由，但果然如他所料，此刻那一欄也已被風間寫了字。——寫的是「在刑警指導官座下負責偵辦殺人命案，卻對偵查工作的進展毫無貢獻，因此自覺能力有限」。

「你說他在公車站牌翻開參考書？」

「是的。」他慢一拍才將視線回到風間的臉上。「匠吾現在念高二。明年就要考大學了。」

折本想起少年無論在公車站牌等車時或是在公車上時，一直手不釋卷的模樣。

就算父親變成殺人犯，匠吾應該也不是那種會賭氣放棄人生的弱者——。

「是哪一科的參考書？」

這個出乎意料的問題令他焦慮。他拼命回想自己的眼睛當時究竟看到了什麼，一個類似龜殼的圖案頓時浮現腦海。

「是化學。」

當他這麼回答時，風間的表情似乎出現一絲陰翳。

7

那天，折本又去找向坂了。這是第三次拜訪。

之前委託向坂畫的二幅畫已經擺在櫥窗中。對於大小從十號變成二十五號他隻字未提。第二次委託的也是十號，但是成品同樣變成二十五號。

折本開門進去，取出下一張照片。

「又要來麻煩你了。」

當然還是熊之背山的照片。這次拍攝的是坍方發生後形成的泥土斷崖。

「折本先生該不會是……警察？」

向坂問道。

他早就覺得對方也差不多該發現了。

「是的。熊之背山不是發現了一具屍體嗎？我就是負責那個案子。現場必須反覆調查，可是天天看照片，心情都會變得殺氣騰騰，所以我想至少請你畫成畫作，應該可以讓心境比較平和。所以才這樣定期來拜託你。」

說著隨口亂掰的理由，折本悄悄瞥向向坂的腹部。肚臍如果對著房間出口，或是避開對方，那通常暗示「已經不想再待在這裡」、「想趕緊結束對話」的心態。這是風間事前教他的。

「那就繼續拜託你作畫。」

確認向坂的肚臍始終對著畫廊出口後，折本轉身離開。

但他才走了兩三步假裝離開就站住了。

「對了。差點忘了一件事。」

「……什麼事？」

對著被嚇了一跳不停眨眼的向坂，折本一口氣逼近。

「其實我們已經查出被害者身分了。」

向坂的臉色倏然發白。

「這樣啊。可是我看報上說，不僅沒有腦袋，連手掌也被切掉了。」

向坂的聲音明顯破音。

「是沒錯，不過我們還是設法根據遺體的特徵判斷職業，得以據此鎖定清查範圍。」

「您說的特徵……是指什麼？」

「右肩下垂。」

對，那具遺體並不是左肩較高。是右肩下垂。

「不好意思。」

折本道聲歉讓向坂在椅子坐下。自己以弓腰的姿態站在他右邊，擺出檢查對方嘴巴的姿勢給他看。

「有人整天都是以這種狀態工作對吧？你知道那是什麼人嗎？」

「……不知道。」

「是牙醫喔。你看，牙醫都是在病人的右邊，這樣弓著身子治療吧。這樣做久了，自然會右肩下垂。所以，我們才判斷那具屍體是牙醫。」

——提示就在你這裡喔。

當初在發現苅部遺體的現場，風間曾經指著自己側腦這樣說，如今回想起來，那其實是在說「看看你自己的菜花耳」吧？人體如果長期處於同樣狀態就會變形。這點自己就有親身體驗。

「之後我們調查向縣警局報案的失蹤者名單，其中只有一個牙醫。向那個牙醫的太太詢問後，他太太說他背後有顆醒目的黑痣。他太太的證詞和屍體的特徵相符，所以我們才得以確定死者身分。」

向坂的下顎開始有趣地抖動。

「那個牙醫的名字——」

要招供了吧。折本如此確信。

會當場崩潰嗎？抑或，會垂頭喪氣地乖乖伸出雙手？不管向坂接下來做出什麼舉動，他都已做好將人帶回警局的準備。就停在外面路邊的車子裡，正有刑事課的學長們待機行動。

折本暗自感謝讓新人出這種風頭的風間，

「是苅部達郎。」

他平靜宣告，凌厲地盯著蓄著山羊鬍的畫家。

8

折本的視線暫時離開車門後照鏡，轉向手裡的早餐。

超商賣的三角飯糰，內餡的位置總是不大理想。尤其是自己買的，內餡多半偏移中央，擠到某一角。不過，今天的紅鮭難得以幾近完美的型態被白飯包裹。但願這是好兆頭。

不過話說回來，這樣在車裡狼吞虎嚥飯糰，總會讓他想起刑事任用科的講習。當時教官再三強調過，跟監時不准吃必須攤在膝上的東西。的確，如果還得一一收拾，當跟監對象突然行動時就無法迅速作出反應。

這個飯糰也是，風間說過，只要對方一有什麼行動，就把飯糰往背後扔。為此，後座早已鋪好塑膠布。

幸好，一個一百三十八圓的手捲熟成紅鮭，得以全部進入五臟廟。

折本扭身，抓起鋪在後座的塑膠布拽過來。一邊折疊一邊再次睨視後照鏡。時間已過了上午八點。車子刻意停在醒目的地點。向坂當然應該也早已發現。差不多也該有什麼行動了吧。

把疊好的塑膠布塞進儀表板下的置物盒時，「向坂畫廊」的建築物走出一個高大的人影，拉開畫廊鐵門。

──為什麼他還不招認……？

兩天前，他告訴向坂已經查出被害者身分。也告訴他是苅部達郎。然而，向坂當時既未崩潰，也沒有垂頭伸出雙手。

向坂雖然明顯很驚慌，卻仍堅持故作無辜地說「那真是太不幸了。會不會是和病人有什麼糾紛」──。

「ＤＮＡ鑑定結果應該明天下午就會出來，這個東西，」風間說著從懷裡取出信封。「也差不多該做好準備了吧。」

信封裡裝的是文件。一眼就看得出是那張調職申請書。

「你帶著印章吧？」

「是。」回答的聲音嘶啞。

「蓋章。」

風間遞來申請書的表情毫無笑容。果然不是嚇唬人或開玩笑。

他接受的警察教育一貫要求他們隨身攜帶印章。從西裝外套口袋取出印章，他用麻木的手指在姓氏旁邊蓋下。

把申請書還給風間後，風間又把那個塞回信封，但是並沒有收回懷裡。

「請問向坂為什麼沒有招認？」

他把一直盤旋內心的疑問直接拋向風間。

「你認為呢？」

指導官反問的樣子一如平時。

「向坂自己，應該也想早點自白鬆口氣吧。可是，好像有什麼苦衷讓他暫時還無法這樣做。他在入獄之前還有心事未了──我覺得應該是這樣。」

「這種情況下，只要想想嫌疑者最在乎的是什麼就行了。」

那個畫家最在乎的東西……？

「或者，不是東西而是人。」

折本的目光回到後照鏡。

一個穿學生服的人影在「向坂畫廊」前的人行道佇立。目不轉睛地看著櫥窗裡的熊之背山畫作。從這個位置看不見臉孔，不過光看背影，一眼就知道是他之前跟蹤的少年匠吾。

之後匠吾按下設置在大門口的對講機按鍵。

沒過多久，向坂就在玻璃窗內露面了。他打開門鎖，讓匠吾進去。

不到五分鐘，匠吾走出「向坂畫廊」。

緊跟在那個背影後，向坂也出現在人行道上。他在目送快步朝高中走去的兒子。

車門後照鏡中，向坂正轉身面對面向人行道的櫥窗。

那個櫥窗似乎也可以從人行道這頭打開或關閉。向坂從口袋掏出貌似鑰匙的東西打開玻璃櫥窗後，動手把豎在裡面的熊之背山畫作全部取出。

「也許差不多是時候了。」

副駕駛座傳來這樣的咕噥。那一瞬間，折本似乎終於明白了風間的計畫。

自己一直以為委託向坂描繪熊之背山已經把他逼得走投無路。可是這位指導官，從略微不同的角度逼近他的心理。

向坂回到屋裡，沒過多久，又拎著包再次出來。是個正方形的包，所以折本猜那應該是用來裝畫的，也就是所謂的作品袋。

畫家朝這邊緩緩走來。

之前一直把裝有調職申請書的信封拿在手裡的風間，把信封塞進懷中。那時，看到風間把信封對折，折本想，應該不用擔心風間把裡面的東西呈交給局長了。

最後向坂在駕駛座外站定。折本降下車窗，向坂對他，還有對靠裡面的風間微微行禮後，慢吞吞開口說：

「我剛才聽我兒子說了。那小子，明年應該會報考T藝大。」

果然是這麼回事啊。折本盯著向坂的視線，轉向副駛駕座的指導官。

匠吾曾在公車站翻開參考書。風間根據那個就已察覺，匠吾到現在還打算報考K齒科大。不只是T藝大，舉凡一般藝術大學，通常都不會把化學列為考試科目。

於是風間使出一招。說穿了，就是把向坂當成喬治歐．德．奇里訶，把匠吾當成伊夫．坦基。

每天早上在「向坂畫廊」門前發生的事，就像奇里訶和坦基的故事。熊之背山，也是匠吾從小看到大的風景。風間刻意讓匠吾從通學的公車上，看到描繪他心象風景的畫作，促使他決心走上繪畫之路。於是向坂終於了卻「入獄前的未了心事」。

向坂沒有表明要自首。只是自己默默拉開後車門，坐進後座。

折本在後視鏡中和向坂對上眼，畫家稍微舉起手裡的作品袋給他看。

「折本先生。收下的工錢我將來會還給你。因為我不小心搞錯尺寸了。」

看來向坂這廂，也對風間的計畫有默契地產生共鳴。

身為畫家，自然不可能不知道奇里訶和坦基的故事。折本這個人的委託，正是讓兒子改變心意的大好機會。於是，向坂故意畫出比折本委託的號數更大的熊之背山。盡可能讓公車上的兒子可以清楚看見——。

「很棒的作品。」

風間這句話，令向坂驀然展顏一笑。

「還能畫出更好的喔。」

這麼回答後，他瞥向匠吾離去的方向。

本以為匠吾去上學了，沒想到他半路停在人行道上，身子轉向這邊。

那張臉微微一動。即便相距五十公尺，也能清楚知道他在行禮致意。

向坂就像中邪後恢復清醒似的滿臉清爽，說道：

「以那小子的本領絕對沒問題。」

第二話

青銅墓穴

1

在學校訪客專用出入口換上的拖鞋，鞋尖有點破損。

從脫鞋口一進去就是事務室，佐柄美幸對著小窗口彎下腰。

每個家庭都有一張監護人用的入校許可證。她把塞有那張文字處理機打印的廉價紙片的軟趴趴卡夾拿給窗口看。

「請進。」

小窗那頭傳來事務員冷漠的聲音，美幸沿著市立翠川小學的走廊往裡走。

途中發現掛著三年一班名牌的學童。

「諸田老師在哪裡？」

那孩子的鼻子抽動了一下。大概是聞到汗臭味。

工地現場的工作比預期中拖得還久，她來不及回去洗澡洗頭。雖然脫下作業服換上了洋裝，但是從一大早就戴著安全帽的頭髮沒整理。

「還在教室。」

「謝了。」

簡短道謝後，美幸落荒而逃地從那孩子面前離開。行進路線從教師辦公室改為三年一班教室，她加快腳步。不能讓那個女老師溜走。

沿著樓梯走上轉角平台，從有點髒的窗戶，可以俯瞰剛才經過的校門和正面玄關前的圓環。

這年頭小學的保全措施已成一大問題，但在這點，翠川小學很馬虎。沒有鐵門把關也沒有裝設任何監視器。如果是預算的問題應該老實和家長這麼說明，可是校方卻選擇用「這是給萬人學習的場所」這種大義名分替自己辯護。因此反而招來家長的不信任，那些當老師的為何卻沒發現呢？

圓環中心，設有五、六十公分高的台座，上面坐鎮「閱讀的兒童們」。男女加起來共有八名兒童排成一排，是相當壯觀的青銅雕像。八個兒童各以不同的姿勢看書。這樣的巨作擺在這個學童總數只有四百人的小學很不搭調。創作者如果不是這裡的畢業校友，應該擺在縣立美術館的門廳才合適。

研人的身影和雕像重疊。或許是因為從小只要有空她就會唸書給他聽，那孩子也成了一個想像力豐富的孩子。可是——。

三年一班的教室位於二樓後方。

透過教室門上鑲嵌的玻璃往裡一看，一個學童都不剩的室內，只有諸田伸枝坐在教桌前。正在飛快揮動紅筆。

她敲敲門逕自推開，伸枝沒有轉頭，也沒有停筆之意。

「不好意思。我是佐柄。」

「佐柄太太是吧。」就算喊出她的姓氏，伸枝還是沒抬頭。「如果有話要說，請先正式預約。如妳所見，我有很多工作，妳臨時跑來會造成我的困擾。」

「我想預約卻一再拒絕我的，不正是老師妳嗎？」

伸枝冷哼一聲摘下眼鏡，拉開教桌抽屜。從裡面取出面紙，開始擦鏡片。

美幸瞥向伸枝的頭部。這個女老師的髮型每次都一樣。今天也沒有一根碎髮，全部整整齊齊緊扎在腦後。由於綁得太緊，甚至看起來有點眼尾吊起。

這種全部扎成一束的髮型，會讓人額頭看起來特別寬。

人的額頭通常有三條橫紋。根據喜歡鑽研面相的同行表示，每一條皺紋都有名稱，從上至下好像分別是「天紋」、「人紋」、「地紋」。

伸枝的額頭上，人紋在正中央斷掉了。她曾在某本算命的書上看過，據說有這種皺紋的人，將來不是缺錢就是早死，總之命運坎坷。

「這個班級，應該發生過霸凌問題。妳就老實承認，說出真相吧。」

「我應該已經講過很多次了，沒有那種證據，完全沒有。」

改完考卷的伸枝，把考卷收進教桌抽屜。上鎖之後站起來，走到教室角落的櫃子前，拿起一疊紙。

那是用大號畫紙裁成的紙條，最上面那張用海報筆的粗體字寫著「跳繩大賽，全年級第一」。

抱著那疊紙條，伸枝走出教室。

美幸也隨後追上。

伸枝站在走廊的布告欄前，用圖釘把那些紙條一一貼上。

「數學好的人很多」、「班級圖書館有很多藏書」、「沒人會在掃地時偷懶」……。

那些紙條，似乎是每個學童寫的「班級優點」。

紙條之一也寫著「沒有人買零食吃」。

搭公車和走路往返C區的住處和A區的這間翠川小學上下班的伸枝，已經快五十歲了，據說至今小姑獨處。

關於C區，美幸有時會利用那邊的高爾夫球練習場所以還算熟悉。也大致知道伸枝的住處在哪一帶。

之前往返練習場時，曾經多次看到伸枝。也知道她離開學校如果太晚，就會在B區的超商買麵包，在店內吃完再回家。

「那我們家研人為什麼會突然拒絕上學？他自己親口說遭到霸凌。而且，諸田老師好像也有參與。」

伸枝這時終於轉過頭，把拿著紙條的雙手朝她面前伸過來。

「沒有霸凌」。

「老師是好人」。

左右兩張紙條上分別這麼寫著。伸枝刻意放慢動作，把剩下最後那兩張貼到布告欄正中央後，開始大步朝教師辦公室的方向走去。

「請等一下，老師，如果是妳的小孩遭到同樣待遇，妳會作何感想？」

「不知道。因為我沒有小孩。」

來到辦公室前，伸枝在門前停下，還是不肯正眼看她。

「我接下來還要開會，失陪了。我可要先聲明，這裡禁止校外人士進出。」

狠狠關門前，伸枝頭一次和她對上眼。

「佐柄太太，妳是不是誤會了？」

「……誤會？」

「學校是教授知識的地方。教育生活態度是家庭的責任。研人拒絕上學，應該是因為家長的教育不當吧。還有，我是基於好心才提醒妳。」

伸枝的視線轉向美幸的頭髮後，倏然高傲地縮起鼻孔。

「來學校時，最好稍微注意一下妳的穿著打扮。畢竟這裡可不是建築工地。」

2

每次戴上焊接面罩藏身在深綠色視野後，總是不可思議地令心情平和。所以，她經常萌生恨不得就這樣永遠凝視噴槍火焰的慾望。

然而，如果真的那樣做，鋼筋會被高熱完全破壞。

美幸摘下面罩，關閉噴槍的閥門。接著切斷氧氣和乙炔瓦斯的供給後，火焰熄滅，作業場內頓時陷入寂靜。

關緊氣筒的栓頭，從管子拔下噴槍，脫掉皮製護手套。

下週工地要用的鋼筋，尚未全部焊接完畢，不過剩下的留到明天再做應該也來得及。她現在更擔心的是兒子的情況。

美幸朝配電箱伸手，把成排的電燈開關全部關掉。丈夫死後留下「佐柄建設有限公司」。她走出和那家公司鄰接的作業場，回到在隔壁的住家。

通往二樓的樓梯已經吱呀作響很久了。踩在上面的人體重不同，發出的噪音當然也會不同。自己走樓梯時通常是輕微的吱吱聲，可是如果是過世的丈夫，就會變成刺耳笨重的啾啾聲。

一路走到二樓走廊的盡頭，美幸在研人的房門前站定。著手重要工作前，無論如何都想再見兒子一面。

晚間八點半。研人早已吃過晚餐。房門前的走廊擺著托盤和餐具。漢堡排從盤子消失得一乾二淨，可是旁邊的小菜完全沒碰過。兒子討厭白蘿蔔的毛病始終改不了，令她傷透腦筋。用海帶高湯燉煮，放了一點醬油和糖調味的紅燒蘿蔔是她很有自信的拿手菜，因此兒子不肯吃也讓她格外有點不甘心。

「你睡了嗎？」

出聲之後，房門開了一條縫。研人只露出半張臉。雖然排斥走出房間，但兒子偶爾會這樣露個臉。至少還有救。寶貴的瞬間令她足以這麼想。

研人手裡拿著一本筆記本。另一隻手握著鉛筆。今天八成也整天都在畫畫。

——再等一下。媽媽一定會讓你能夠重回學校。

為了避免兒子發現她內心的混亂，她主動關上門。

「明天九月二十一日星期六早上，將有異常濃厚的大霧。散步或開車時請充分注意。」

把車子停在翠川小學對面的路邊，駕駛座上的美幸再次瞥向手機螢幕。這不知已是第幾次確認氣象預報了。清晨異常濃厚的大霧——她一直在等這句話。

伸枝終於從沒有鐵門的校門口出來了。沒有任何一扇窗亮著，因此可以確定學校已經沒有人。

她做過事前調查，也充分掌握伸枝的行動。

她家在市郊。離學校相當遠。伸枝接下來會從學校附近的公車站牌搭公車，二十分鐘之後抵達B區的公車站。現在正好剛過晚間十點。她今天八成也會在返家途中順道去超商吧。

確認伸枝上了公車後，美幸下車。從校門走進學校，拿到凶器後回到駕駛座。

珍珠白的房車，已經跑了近十萬公里，不過或許是因為勤換機油，引擎依然相當順暢。

她謹慎地踩油門以免超速，先一步抵達B區的「P-Store」超商。

把車停在停車場的西邊。店內燈光幾乎完全照不到這裡，也是監視器的死角。她淺坐在駕駛座上，壓低姿勢等待。

之後超商斜對面的站牌有公車抵達，下車的伸枝走進超商。時間是晚間十點二十分。

她從店外凝神觀察店內。伸枝正在用餐區大口吃麵包。

大約十分鐘後，伸枝在晚間十點半走出超商。

美幸再次開車先一步抵達下一個地點。

關於伸枝的通勤路線，她當然也早已詳細調查過。也知道途中會經過無人的小徑。她把車停在那裡，藏身駕駛座。車門事先打開一條縫。

伸枝來了。她走過車旁。

美幸悄無聲息地推開車門下車。

從背後接近，用事先準備的凶器敲腦袋，伸枝雙腿一軟就倒臥路上。

把伸枝的身體拖到車旁，打開房車的後車廂。

伸枝身上如果掉落小東西，留在車內就麻煩了。所以後車廂內鋪了大塊藍色塑膠布，徹底包住底部和側面。

把伸枝的身體扔進塑膠布上，耳朵貼在她單薄的胸膛。心跳已完全停止。

藉著後車廂微弱的橙黃燈光，先摘下伸枝的眼鏡，嘴巴貼上膠帶。接著給雙手戴上手套後，把手臂繞到背後，用事先準備的繩子綑綁。這樣就完全不用擔心口水會不小心滴到塑膠布以外的地方，或是留下指紋及唇紋了。

今天伸枝的頭髮同樣是緊扎在腦後。沒有任何碎髮，看起來所有的頭髮都被後腦勺的橡皮筋綁住。這樣應該不用擔心頭髮掉落吧。就算有，也是掉在塑膠布上，所以毫無問題。

蓋上後車廂之前，謹慎起見她豎起耳朵又注意聽了一下。沒有呻吟聲。把指尖貼在伸枝的鼻孔，確定連一絲風壓都感覺不到後，美幸回到駕駛座。

她發動引擎來到市區道路，朝C區的高爾夫球練習場「三澤綠地俱樂部」駛去。練習場營業到深夜一點。

雖然已經很晚了，停車場還是停了大約十輛車。

她從後座取出球袋，走進建築物。

在櫃檯秀出會員卡，向員工打招呼後走向揮桿區。

她正在製造不在場證明，因此本該盡可能讓別人看見她的臉，但她就是忍不住低頭垂眼。

找個夫妻共同的嗜好吧。丈夫如此提議，是在經濟景氣遠比現在好太多時。中小企業經營者就該打小白球，這也是社會大眾的基本印象。如今丈夫雖已過世，自己卻還繼續打球，是因為揮桿成為排遣壓力的好方法。

她把球袋放在一樓的第一個打席。一樓有十五個打席，二樓也是。總計三十個打席之中，這是離出入口最近的。

以前她用的是位於中央的八號打席。但自從她起意想學高飛左曲球，盡可能使用出入口前──也就是右側的打席，至今已有兩個月。

「嗨，好久不見。」

朝背後傳來的聲音轉頭一看，隔了兩個位子的四號打席上，矮小的男人微微舉起手。是練習場的常客戶山。戶山早已退休，閒著沒事幹就成天泡在這個練習場。

「佐柄太太，托妳的福，這根桿子比之前好用多了。」

戶山的一號桿桿頭底部脫落，是她焊接修理好的，這碼事她早已忘了。

「那真是太好了。」

她陪笑回應後，轉身背對戶山，開始揮桿。

終於殺掉了。

她實在按捺不住對伸枝的憎恨。應該並不後悔，不安卻漸漸膨脹。因此，越打就失誤越多。

她耗到接近打烊時間的凌晨一點，但是避免最後一個離開。如果故意讓自己惹人注目，反而會顯得太刻意製造不在場證明。

回到家，把車停進車庫兼倉庫。

從車子後座取出球袋。空出的位子，放入接下來要用的全套工具。

繞到車後，把耳朵貼在後車廂上。

沒動靜。

打開後車廂，確認伸枝的屍體還在。背上竄過一陣寒氣，她連忙關上蓋子。

這個時期，天空大約清晨五點才開始發白。她盡可能在腦中複習接下來必須在天亮之前完成的作業。已經練習很多次了，她有自信能夠毫無失誤地迅速解決。包括善後收拾應該只要十五分鐘就能完成作業……。

清晨四點，她再次去浴室淋浴。仔細洗頭，把可能掉落的毛髮全都事先處理好。

換上剛洗好的嶄新作業服，徹底檢查皮手套的指尖有無破裂。

用吹風機吹乾頭髮後，緊緊裹上毛巾，讓頭髮一根都不會掉落。

清晨四點半，從窗口向外看。確認果如氣象預報所說瀰漫濃霧後，美幸穿上鞋子。這是之前去老朽的公民館進行拆除作業時，在現場撿到的鞋子。

為了謹慎起見，她再次打開後車廂的蓋子。

是自己多心嗎，總覺得和剛才檢查時比起來，伸枝的姿勢有微妙的改變。抽出一張攜帶式面紙，湊近躺臥的伸枝鼻子。面紙靜止不動。總之，伸枝顯然已經斷氣了。

她再次坐上房車。

她希望盡量避免被人看到。可是天色這麼暗，如果還戴墨鏡開車會很危險，也會更可疑。她遲疑之後，決定只戴上防止花粉用的口罩，駛向翠川小學。

穿過校門，把車開到校內不會留下輪胎印的地方。

將伸枝的屍體留在車內，只脫下她的鞋子，拿在手裡。然後抱起帶來的全套工具，走到「閱讀的兒童們」前面。

她一邊抵抗噁心的寒意，一邊做完既定作業後，用自己的腳在地面亂踩。接著換上伸枝的鞋子，同樣亂踩一通。

這樣製造打鬥的痕跡後，就讓屍體躺在雕像前。

3

荒城達真胃痛得皺起臉。

他按著心窩，單手調整領結。

他喝了牛奶，也吃了優格。在警察學校學過，胃痛時就攝取乳製品。

明明底子弱偏又死要面子。他恨這樣的自己。為何逞強非要立志當刑警？事到如今他非常後悔。

他的缺點就是毫無韌性，事事都容易放棄。心裡對自己能否勝任接下來的工作異常不安。

他拖著沉重的身子走出宿舍。應該不可能是胃癌吧？這樣的懷疑也倏然閃現腦海。

「直接去翠川小學報到。有一名教師死亡。現場就在一進校門的圓環。」

他回想風間剛才打來的電話內容，一邊攔計程車。

今早似乎霧很濃，不過現在已經視野清晰。

「先生，不好意思，您的臉色發青喔。」

年長的司機透過後視鏡對他發話。似乎很擔心他吐在車座上。

抵達翠川小學。菜鳥應該沒資格坐著計程車直驅現場吧。這樣的顧忌，令他在略遠處下車，快步跑向校門。

已有數輛閃爍紅燈的車子停在一起，自然不可能不引來看熱鬧的人群。

他撥開人群，鑽過寫有「KEEP OUT」的黃色封鎖線。

貌似屍體發現者的人，正在接受其他刑警的詢問。就服裝和氣質看來大概是學校的事務員。

他發現風間的身影。

「對不起我來遲了。」

「觀察現場的狀況，然後對我口頭報告。」

這是指導官開口第一句話。

——我不打算手把手那樣教你。聞一知十，自己主動。那就是你的任務。

第一次見面時，風間就這麼對他說過。

「首先，有女性倒臥。年齡——」

可以看到趴臥的女人側臉。不算年輕。就算說是教務主任或年級主任也不足為奇。

「應該是五十出頭。頭髮有血跡。」

荒城沒有離開此刻站的地點，只是盡量把上半身和脖子往前伸。

倒臥的女人周圍，還有鑑識人員四處走動。那群人頗有工匠氣質。菜鳥如果隨便靠近稍有破壞現場的可能，八成會立刻招來怒吼。

「遺體附近有一座孩童們拿著書的青銅雕像。」

那個男童雕像，用左手的五根指尖捧著翻開到接近水平角度的精裝書，右手的大拇指和食指伸出，位於書本上方，彷彿此刻正要翻頁。

一名鑑識人員拿放大鏡對著書角。即便從這個位置，也能看出那裡有血跡。鑑識人員拿放大鏡盯著，一邊用鑷子夾起什麼，可見應該是沾了什麼毛髮之類的東西。

「某人推開被害者。被害者的頭部撞上青銅雕像捧著的書角造成死亡。我想應該大致是這樣。」

「你胃痛嗎？」

被風間毫無前兆地這麼一說，他才發現自己打從剛才就一直揪著襯衫的心窩處。

「是的。對不起，我太緊張。」

他在本縣中央區的S分局受命為刑警。三個月後被分局長叫去，提起風間道場這個名字，他心想肯定是在開玩笑。

風間道場。那個名稱他當然聽過，但是只有三個月經驗的菜鳥，正常情況下不可能被號稱全縣第一魔鬼刑警的人物一對一調教。那麼理想化的運作系統，就自己的感覺而言，只能歸類為傳說。

「所以你很適合。對一切說法抱持懷疑就是刑警的職責。」被分局長用這句話打發過去，親眼見到風間公親這個男人時，他這才敢相信道場的存在，但那時他已被丟進考驗的漩渦中了。

「吃藥了嗎？」

「吃了，可是完全沒用。」

「噢？」風間似乎眼睛一亮。「為什麼沒用？」

「……不知道。那恐怕得問醫生。」

「你何不自己想想？」

「與其翻醫學詞典，我覺得去醫院更快。」

他有點懊悔這個回答是否太冒犯，幸好風間並未露出這樣的反應，已經把臉轉回青銅雕像那邊了。

鑑識人員離開遺體。似乎已經採集完微物證了。荒城走近看著地面。風間也走過來，蹲下身子。地上有死者和某人打鬥的痕跡。死者的衣服也有點凌亂。

「說說看你發現了什麼。」

被風間這麼一問，他再次凝目細看遺體，可是好像沒有任何值得特別一提的發現。問題是，指導官的表情顯然在要求某種答案。

他拿筆型手電筒照亮被害者的臉孔，終於明白風間要的答案是什麼。死者的額頭中央變成淺紫色。

「好像有輕微的內出血。」

「你認為這是怎樣形成的傷勢？」

「被害者的後腦撞到青銅雕像。應該是反作用力讓她向前仆倒，在地面摩擦造成的吧。」

看風間的表情，顯然對這個答案不滿意。

的確，屍體的額頭上並沒有泥土或沙粒。

荒城把筆型手電筒的燈光照向被害者戴的手錶。後腦遭到撞擊後，如果沒有立刻死亡，向前仆倒時，就算反射性地伸臂保護臉部也不足為奇。他懷疑或許是撞到手錶的邊角，導致皮下出血。

如果是額頭撞到手錶，錶面的玻璃應該會有沾到額頭皮脂的痕跡，也就是留下額紋。

他一邊這麼做一邊用眼角餘光窺視風間的表情。風間似乎認為他這個著眼點不錯，這讓他先鬆了一口氣。

他趴在地面，拿手電筒照著，藉由燈光的微妙反射檢視錶面玻璃有無皮脂，可他無法確認。看來只能事後去問鑑識課。

「睜大眼睛牢牢記住這個地面的樣子。」

或許是打算給他記憶的時間，風間沉默了三十秒，之後突然站起來。

「過來。」

風間離開現場，大步前行。他慌忙追上。

風間脫下西裝外套，放在沙地。

「放馬過來。」

「啥？」

「我叫你過來抓住我。」

「……知道了。」

人有點怪——他聽好幾個學長這麼描述過風間，因此就算風間提出這種奇怪的要求，他也沒有太驚訝。

——解決案件，不是破解犯人出的謎題，是要破解風間出的謎題。

在自己入門前接受過風間指導，算是師兄的K分局折本直哉曾經這樣建議他。

荒城抓住風間的手臂。現場的其他刑警、鑑識課員、制服警員有幾人投來好奇的眼光。

「接下來，要怎麼做？」

為了稍微緩解羞恥，他按著風間的手臂，用周圍都聽得見的音量問。

「請問我該怎麼做？該不會連這個都要叫我自己想吧。」

「『現場百遍』[2]這句話你當然知道吧？」

「是的。」

「那就是你接下來要做的。現在這樣現場勘查也可以算一次。就給你這點優待吧——行了。」

風間忽然放鬆手臂的力氣。荒城鬆開風間的袖子。

為什麼風間剛才要叫自己抓住他？當然是在模擬被害者和加害者的動作。可是，這樣能夠發現什麼……。

風間指著他倆剛才四處走動的地面。

「這個現場或許也保存起來比較好。」

荒城聽從這句話，取出手機。操作照相功能，把鏡頭對準地面。

「還有，在被害者的死亡推定時間出來之前，盡量治好胃痛。」

「是。——想必不用多久，應該就能鎖定重要參考人吧。」

「嗯。到時候，由你負責偵訊。」

在「怪獸家長」這個字眼流傳已久的當今時代，和學校教師有糾紛的對象，幾乎所有的案例都是學童或學生的家長。

2　現場百遍，警察偵查時常用的說法。意思是案發現場往往隱藏著破案關鍵，就算勘查百遍也得慎重調查。

4

五名員工之一告訴她「有訪客」是在正午前。

定睛一看，事務所門口站著兩個男人。一個才二十五、六歲。另一個大概五十幾吧，頭髮幾乎都白了。

不管怎麼看都不像是來委託工作的客戶。

——終於來了嗎？

鼻腔緩緩呼出一口氣，美幸走向櫃檯。

「我就是佐柄。」

「這是我們的名片。」

遞來的名片上，果然印著「T縣警察局」。年輕的那個好像是荒城，白頭髮的是風間。

「可以請教您幾個問題嗎？」

她一口允諾荒城的要求，整理一下頭髮。

「大前天晚上，也就是九月二十日晚上，請問您在哪裡做什麼？如果記得，能否告訴我。」

「九月二十日嗎？那是星期五晚上吧。」

「對。如果不記得全部，能否只回想一下晚間十點到十一點之間？」

「該不會是為了諸田老師的案子？」

「是的。要不然，光是晚間十點半之後也行。」

「我有嫌疑嗎？」

「不是。三年一班的家長，我們每個人都會請教。」

明顯看得出荒城為了不讓眼神游移拼命想穩住。美幸將視線離開不擅說謊的年輕人，瞥向旁邊的男人。剛才被髮色唬住，此人應該沒那麼老。說不定才四十幾歲。

「你剛才說的三十分鐘，就是諸田老師被殺的時段吧？」

「呃，我們是這樣判斷。」

荒城帶著乾咳回答。

伸枝的死亡推定時間是怎麼斷定的？關於這點，她早已事先推演過警察大致會從哪些方面研判。

首先是死後僵直、死後體溫、屍斑、眼角膜的混濁度、口腔黏膜的乾燥度、胃中殘留物的消化程度。這些綜合起來，就會推斷出晚間十點至十一點這一個小時。

可是，藉由超商店員的證詞和監視器的影像已經查明，死者在超商購買點心麵包，在店內的用餐區吃完後，於晚間十點三十分走出超商。因此，死亡推定時間就鎖定在死者離開超商後的三十分鐘。

而且伸枝的屍體發現現場是翠川小學。這表示她在超商用餐後，又回到職場。也許是忘了拿東西。隔天是週末，學校放假，因此就算再晚都有必要回學校去拿。

那時公車已經收班了，想必是搭乘計程車。如果是計程車應該比公車快，但是從超商到學校的距離，最少應該也要十分鐘。

假設十分鐘就抵達，死亡推定時間便可進一步縮小到晚間十點四十分至十一點這二十分鐘……。

美幸閉上眼，以指尖敲打額頭裝模作樣後才開口說：

「如果是九月二十號晚上，我想我大概在C區的高爾夫球練習場。那家叫做三澤綠地俱樂部。」

「從幾點到幾點？」

「我記得是十點半過後去的。應該打了兩小時。」

傍晚，美幸把工作交給員工，去了三澤綠地俱樂部。終於被刑警登門拜訪後，此刻她擔心自己更甚於擔心兒子。

「佐柄太太，出了什麼事嗎？今天白天有警察來過喔。是二人搭擋的刑警。」

面對俱樂部員工一臉擔心之餘也不掩好奇地詢問，美幸不勝其煩似地點點頭。

「果然來了啊。不是有個小學教師被人發現屍體的案子？那是我兒子的級任老師。為了霸凌的問題，我們有過一點口角。所以警察就來問了一些問題，如此而已。」

「放心啦，沒什麼好擔心的。佐柄太太。」

轉頭一看，是戶山。他剛從廁所出來。好像隔著門聽見美幸與員工的對話。

「這邊有證人可以證明妳的清白。被害者在學校遇害的時間，妳正在這裡跟我說話呢。」

戶山好像知道伸枝的死亡推定時間。這表示他也被刑警們詢問過嗎？

「根據傳言，被殺的那個人好像不是什麼好老師。不想惹出風波所以閉口不言的家長們，心裡肯定很尊敬妳敢站出來向那個老師抗議。」

「謝謝。──戶山先生也被刑警問了什麼吧？」

「對。他們問了妳當天晚上的行動。我當然是證明了妳的──那叫什麼來著？不在場證明是吧。」

就這樣離開也很不自然。再次向戶山道謝後，她決定至少打完一籃球再走。

走向打席的途中，她感到手機在手裡的皮包內震動。好像有人傳訊息來。

收到的，是三年一班新的級任老師對家長群發的訊息。

十月十五日第三堂課將舉辦教學參觀。上面還寫著，教學科目是理科，要學習聲音的傳導方式。

把一籃五十顆球全部放入供球機後，美幸從手機的聯絡人找出自家的電話號碼。

家裡只有一樓有電話，但是研人的房間應該聽得見鈴聲。

反正兒子也不可能立刻接聽吧。

她切換成不用貼在耳邊也聽得見的擴音後，把手機放在倒扣的籃子上，拿起五號桿進入打席。

她默默祈求兒子至少能從房間走出來，一邊開始打球。

嘟聲停止，是在連續擊出四次右曲球之後。

她放下揮起的球桿，奔向籃子抓起手機。

「……喂。佐柄家。」

「我是媽媽。你在幹麼？」

「……在看書。」

「剛才學校通知我，下個月十五號有教學參觀。」

「……」

「媽媽打算出席。可以吧？我只是要跟你講這個。」

「……」

「那我掛了，我待會就回去。」

就算孩子缺席，家長也會出席。這個行為，應該能夠充分鼓舞研人。順利的話，說不定當天他也會說要出席。

掛斷電話後，她幾乎沒有再打歪任何一球。五十球之中，甚至有兩球打到一百五十碼外的看板。

5

東方天空開始泛白。

「現場百遍」第十一遍的早晨，荒城舉起雙手打呵欠後，環視四周。

上週還不時出現的媒體記者，現在好像不打算再露面了。距離發現屍體已經過了十天，也難怪周遭眾人的關心極端減退。

荒城翻開記事本。上面記錄了自己整理出來的被害者行動。

●晚間十點過後，離開A區的小學搭乘公車。

●晚間十點二十分，進入B區的超商，購買點心麵包在店內吃。

●晚間十點半，離開超商後未回C區的住處，又折返A區的學校（忘記拿東西？）

●晚間十一點前在學校的圓環死亡。

凶器是大型青銅雕像。所以犯案場所，除了雕像前面別無可能。

記事本上，也貼了縮小影印的A區、B區、C區地圖。從北到南，以A、B、C的順序排列。

如果說有什麼疑點，諸田額頭上的傷也是個問題。根據鑑識報告，手錶的錶面玻璃並未沾附額紋，也沒有附著皮膚組織。

九月二十日晚間，死者走出超商時額頭沒有瘀痕。這點已由店員的證詞證明。還有「閱讀的兒童們」雕像也沒有驗出額紋。既然如此，應該可以判斷，那個內出血並非在這現場遇害時造成。

那麼，那是在哪造成的呢……。

荒城收起記事本，轉而取出數位相機。把快門時間設定為十秒後，將相機放在「閱讀的兒童們」的台座，在距離雕像稍遠處擺好姿勢。

用不了十秒那麼久。

這座雕像不知已看過多少次了。現在連夢裡都會出現。他已經可以分毫不差地模仿出那個姿勢。

要模仿雕像的姿勢需要拿本書，不巧他並未準備那種東西，因此他決定用記事本代替。

快門按下。開著閃光燈忘記關是個敗筆。搞不好在那瞬間閉眼了。

相機背面的螢幕，顯示剛才拍攝的資料。

確認按照計畫完美地仿造出那個姿勢後，他握拳大呼快哉，隨即苦惱地抓頭。

快瘋了。

我到底在搞什麼。

已經連續好幾天用螞蟻的視角趴在地上。四處搜尋有無尚未被採集到的微物證。

而且是在早已歷經幾番雨打風吹的地面。

都已經這樣了，還能找出什麼？就算他沉迷自拍，應該也無人可以責怪他……。

十指插入髮間。荒城保持那姿勢就僵住了。又開始胃痛。今天痛得特別厲害。

他痛得受不了，立刻直奔附近診所。

醫生說毫無異常，荒城咄咄逼人：「可是我真的很痛！」

「胃痛時，我們通常會很在意心窩一帶，但是其實很少是那正下方出問題，幾乎都是別的地方。之所以會覺得心窩那邊疼，是因為那裡有腹腔神經叢這束神經。」

「換句話說，感覺疼痛的部位，和實際發疼的部位，其實不一樣嗎？」

醫生點頭時，荒城在心裡小聲歡呼。

說不定，可以破解美幸搞出來的不在場證明了。

他咀嚼著這種成就感回到局裡。

牆上的日曆，宣告從今天起已進入十月。

正值午休時間。不知是去偵查還是吃午餐，同事們全部不在辦公室。還留在室內的只有負責留守的伊上幸葉。

「S是清白的吧。」

他把真實姓名改為英文縮寫，但是語氣不變，小聲重演之前去高爾夫球練習場打聽情報後，自己對風間說出的台詞。

幸葉果然如他所料轉過頭來，於是他接著又模仿風間的口吻：

「別急著下定論。再調查一下那女人。」

幸葉噗哧一笑。荒城越發起勁。

「可是她不會是犯人啦。她有明確的不在場證明。」

「那種東西，想捏造就捏造得出來。」

「怎麼捏造？」

「我說過很多次了，那要靠你自己想。」

耍寶一番後，好像也稍微消除了疲憊。

「剛才這個，真的是荒城先生和風間組長有過的對話嗎？」

「對呀。」

「所以，結果S這個人是清白的嗎？」

「不是。」

佐柄美幸就是犯人。現在他可以秉持確信這麼斷言。

荒城在桌上放下一根橡皮筋。隨手撕下便條紙邊緣揉成團，對幸葉說：「要不要打高爾夫球輕鬆一下？」

當著面露詫異的幸葉面前，荒城把揉起的小紙團放在桌上。和橡皮筋之間的距離約有三十公分。

用食指一彈紙團，超過了橡皮筋。

「就這樣玩。來吧，該妳了。」

或許是正無聊，幸葉欣然加入。彎腰閉上一隻眼，慎重瞄準目標。

幸葉彈出的紙團，正好落在橡皮筋中央。

「厲害。要不再再來一次？」

「好啊。」

幸葉活動一下手指後正要開始第二次打擊，荒城忽然在她身旁冷不防嘀咕：

「小幸，聽說妳是風間主任的粉絲？」

幸葉的第二發離橡皮筋還有十五公分距離就停住了。

他對著狠狠拍他背部一記就走的幸葉笑著道歉時，風間回到了刑事辦公室。荒城連忙向他報告到目前為止對案件的想法。

關於美幸如何製造不在場證明的玄機，他也發表了自己得到的答案。

——感覺疼痛的部位，和實際疼痛的部位不同……。

為什麼吃了胃藥還是會痛，你不妨想想看原因——他終於懵懂理解風間為何會這樣說了。

——殺人的地點，和陳屍的地點不同。

指導官想必是給出了這樣的提示。

荒城取出手機。找出他和風間扭成一團後拍攝的地面照片。接著把這張照片和伸枝陳屍現場的照片比對。

自己和風間扭成一團的地面，彼此的鞋印有上有下。可是在伸枝陳屍的現場檢查鞋印後，犯人的全部在下，伸枝的全部在上。那個現場果然應該是偽造的。

「你認為這樣就能讓佐柄招供？」

不可能被誇獎「幹得好」。這點他當然早就知道，但風間這個回答的殺傷力還是太強。

「萬一她堅持否認怎麼辦？或許可以申請逮捕令，但是否足以開庭審理就很難說了。到時候檢察官八成也會暫緩起訴吧。」

有可能。他自以為已破解不在場證明，可是還沒找到美幸就是犯人的關鍵證據。

「那我繼續收集證據。不過，全部交給新人會很耗時。說不定在我左思右想之際，就讓犯人逃走了。那樣該怎麼辦？」

「如果真的那樣，也沒辦法。」

「我認為這種說法很不負責。」

「不。什麼事都得用長遠的眼光來看待，這才是重點。有時寧可讓一個犯人溜掉，也是培育新世代的偵察能力更重要。——現在你的眼睛看到什麼？」

「這是什麼意思？」

「就是字面上的意思。說出你視野出現的東西。」

「風間指導官的身影。還有桌子，椅子，牆壁，窗子。」

「從中選出一個，寫在這裡。」

風間把不要的公文翻到背面，在桌上朝他推過來。

荒城用自己的原子筆寫下「窗子」。

「接著根據窗子聯想。可以是物體那種具體的東西，也可以是概念那樣抽象的東西。不用考慮太多，把你腦海浮現的第一個字眼直接寫在那旁邊。」

他在「窗子」的右邊寫下「天空」。

「接著再根據天空聯想。」

他覺得這個聯想似乎太平凡，但最後還是寫下「雲」。

「雲之後呢？」

看來好像是打算讓他逐一回答「從聯想產生的聯想」。

雲，白紙，報紙，社會，一家大小，遊樂園，迷宮，走入迷宮，殺人命案，絕對破案，一流刑警。

寫到這裡，風間終於喊停。

「恕我冒昧請問，這種遊戲究竟有什麼意義？」

「這是探索深層心理的測驗。寫出來的第十個名詞就是真心話——也就是你現在真正期盼的東西。」

第十個？是哪一個？荒城在腦中依序計算自己寫下的東西。第十個是「走入迷宮」。

「很遺憾，你顯然前途無望。本來打算用長遠的眼光慢慢培養你，可是門生自己好像毫無幹勁。看樣子只要能領到薪水，就算案子走入迷宮你也無所謂。」

「我沒那個意思——」

「要現在立刻退出道場嗎？那樣也行喔。身為第一個中途退出的門生，你將會在縣警史上名垂千古喔。怎樣？」

「……請讓我繼續留下。」

「好，那就回到案子的話題。我記得還有一個疑問吧。被害者是在哪撞到額頭？」

這個問題他也答不出來。

「依你的判斷，佐柄是在別處殺死被害者，再搬運到學校的圓環前，是這樣沒錯吧？」

「是。」

「佐柄用什麼把被害者搬到現場？」

「我認為只有可能是自用車。」

佐柄的車子是房車。當然，屍體想必不是放在座位上，而是放在後車廂以免被外人看見。

想到這裡，他猛然一驚。額頭的瘀痕說不定是在開車搬運途中造成的。

「不管怎樣還是要找到證據。在那之前，你要繼續做你的現場百遍勘驗。如果最後實在拿不出成果，就得退回S分局的派出所。你自己先做好心理準備。」

荒城感到身體自動立正。

「還有，翠川小學三年級即將舉行教學參觀。日期是十月十五日。校方事先向家長徵詢過出席意願，據說佐柄美幸也要出席。」

「她那個拒絕上學的兒子——研人也重新上學了嗎？」

「不，那孩子到現在還在家閉門不出。」

如此說來，雖然兒子沒上學，美幸還是打算出席教學參觀。這表示，她期待這個行動能給兒子帶來某種影響嗎？

「這正是好機會。到時候我們也去學校。等下課後，荒城，你就拆穿佐柄的不在場證明。」

他只能回答「是」。

他坐在三澤綠地俱樂部前台設置的椅子，拿報紙遮臉。

這樣等了一會後，佐柄美幸在晚間八點左右現身。

根據調查，犯案之前，她保持每週來兩天的頻率已有三年之久。大概是認為不能在這節骨眼改變習慣吧。

前台有個被家長帶來練習的小學男童。

美幸似乎自然而然把兒子的臉孔疊印在那孩子身上。她一直在看那孩子。

那樣的美幸，側臉也能窺見一抹焦躁。

好不容易把伸枝解決了，研人卻還是拒絕上學。目前暫由三年二班的任課教師兼任一班的級任老師，這位教師據說對霸凌問題向來絕不姑息。所以班上的氣氛，照理說應該也轉為對研人有利的方向了……。

美幸走進一樓的一號打席。

她用很快的速度開始打球。似乎是勉強集中精神繼續揮桿。或許只有專心投入什麼的時候，才能讓她忘記現實。

十月六日。時間已接近晚間十點。

荒城拿起租來的球桿，走進二號打席。

一號打席再過去就是牆壁，那裡鑲著檢查揮桿姿勢用的大鏡子。他透過鏡子窺視美幸的神情。

他從來沒打過什麼高爾夫球。起初狠狠揮桿落空。第二次也只是桿頭擦過球。這麼誇張的揮桿落空似乎吸引了美幸的注視。美幸在鏡中看著他。

荒城默默朝她假笑一下。之前的激烈運動本來讓美幸的臉色紅潤，這時倏然變成錫灰色。

「前幾天辛苦了。請問又有何貴幹？」

「不好意思，還有點問題想請教。」

美幸邊揮起球桿邊說：「什麼問題？」

「焊接很難嗎？」

之前一球也沒出過錯的美幸，這時第一次擊出斜飛球。

6

「這裡有傳聲筒。用剪刀剪斷這根線再重新綁起來時，聲音還能照樣傳遞嗎？好，知道的人舉手！」

年輕的老師這麼一問，三年一班的學童幾乎全體舉手。

想必能夠正確解答的學童舉的是右手，答不出來的學童舉的是左手。這是在教學參觀日不讓小孩和家長雙方丟臉的古典式做法，但是以死掉的諸田那種性格，恐怕連這種程度的體貼都不會有。

「好，佐柄同學。」

研人放下右手站起來時，椅腳發出摩擦地面的聲音。「還是聽得到。」

「答對了。非常好。那麼如果把線換成橡皮筋會怎樣呢？不知道的人可以問爸爸媽媽。相信他們一定能告訴你正確答案。」

教室響起一陣輕笑時，宣告下課的鐘聲響起。

結束教學參觀的家長們開始絡繹離開。

摻雜媽媽們身上各種香水的氣味大概令人很不舒服。有幾個爸爸已經臉色發白。美幸留到最後。

她牢牢將兒子在事隔一百五十天後再次上學的背影烙印眼底後才走出教室。

「佐柄太太，可以耽誤妳一點時間嗎？」

走向樓梯口的途中，有人從背後叫住她。肯定又是那個姓荒城的年輕刑警。

「可以啊。不過麻煩你長話短說。因為我待會還有工作。」

「我知道。」

他和美幸一起走到正面玄關前的圓環。隨風飄落的樹葉，和這間小學的校徽形狀相似。

「閱讀的兒童們」前方，就在距離青銅雕像五十公分左右之處，風間佇立在那裡。

「請妳看一下我現在要做的舉動好嗎？」

地面的沙子上，似乎事先用地上掉落的小棍子寫了字。青銅雕像前，風間站的位置寫的是「A」，離那邊五公尺的地方寫著「B」，緊挨那邊寫著「C」。每個字都用圓圈圈起。

讓美幸站到B位置後，荒城微微朝她張開雙手。似乎決定用最簡短的說明解決。

「光是這樣，妳應該就已明白了吧。請妳老實認罪吧。」

美幸嗤鼻一笑。

「這是什麼鬧劇？我完全看不懂。」

「那麼這樣呢？」

荒城從風間手中接過記事本，美幸雙手叉腰，搖搖頭。

「我更無法理解了。」

「那麼，這樣呢？」

荒城走到美幸身旁。高高舉起拿記事本的手，作勢朝她的腦袋砸下。

「就跟你說了，我根本不懂你在幹麼。」

「那麼，如果是這樣呢？」

荒城伸手指向風間，催促她去A地點。

她按照那個指示來到風間面前，荒城又把記事本放回風間的手上。風間也用無法讀取出任何感情的眼神直視她。

「少年的雕像，是怎麼拿書本的？」

荒城把手心向上，五指微彎，放上攤開的記事本。

「是這樣。放在一隻手的指尖上。只用五點支撐。」

「那又怎樣？」

「接觸面積如何？」

「很少吧。」

「沒錯。這表示，要分開指尖和書本，是困難還是簡單呢？」

「應該不難吧。」

「是的。只要有一把金屬用的線鋸，就能輕易做到。」

不知從哪飛來一隻小蟲，在荒城的臉前開始盤旋。

「如果本就經常做那種事就更不用說了。比方說，建築業的人應該就是吧。一眨眼就能結束作業。只要半夜溜進學校，想必五分鐘就能拿到這本書，也就是凶器。」

荒城揮開眼前飛舞的小飛蟲後走近她。

「佐柄太太。妳從這座雕像取下書本，利用那個，在別的地方打死諸田老師。」

荒城趕走的小飛蟲，這次過來糾纏她。飛蟲小到完全聽不見拍翅聲。

「之後，妳在高爾夫球練習場確保不在場證明的證人後，帶著屍體以及噴槍和面罩之類的必要工具回到小學。把書本重新焊接回去，將老師的遺體扔在那旁邊。」

小飛蟲在眼前飛舞。一再撞上臉部的皮膚，但美幸沒管牠。

「那個時段是黎明。如果在黑夜行動，就得使用閃光燈或者頭燈，反而引人注目。妳留意氣象預報，慎重挑選有濃霧的早晨才行動。重新焊接書本時冒出的火花，被那白色煙幕巧妙地遮掩。」

迅速說明後，荒城停頓一下，轉而用慢條斯理的語氣說：

「怎麼樣？沒錯吧？妳就別再掙扎了。」

「開什麼玩笑。」

小飛蟲移動到鼻孔邊。為了趕走小蟲，她哼聲噴出一口氣。就像嗤鼻冷笑。

「難道在這世上，懂焊接的人只有我？」

美幸朝停車場那邊邁步。

荒城和風間跟在後面。

「妳是開車過來的吧？」

對於荒城在背後發出的質問，美幸默默點頭。

「那麼，待會可以讓我看一下那輛車嗎？」

「如果我拒絕呢？」

「我只好帶著許可令再來。」

「麻煩你盡快結束。」

「那當然。」

轉過通往停車場的轉角，車前有個佩戴臂章的人影。從偶爾在電視上的刑警連續劇看過的深藍色作業服可以窺知，那是負責鑑識的人。

「你想看車子的什麼地方？」

「後車廂。如果留有諸田老師的頭髮和皮膚組織，或者掌紋、唇紋之類的痕跡，就可以證明老師曾被關在這個後車廂。」

「我想也是。」

「如果發現了諸田老師曾被關在這個後車廂的證據，妳就放棄掙扎老實認罪吧。」

「到時候恐怕也只能那樣做。」

犯案時在後車廂鋪了藍色塑膠布。那塊塑膠布已經被燒掉，從這世上消失了。而且她特別小心，後車廂底部自然不用說，就連兩側，以及區隔後車廂空間和後座的零件，她都拿黏毛絮專用的清潔滾輪徹底清理過。不可能找出任何痕跡。

「可以借用一下車鑰匙嗎？」

荒城戴上白手套說。

美幸從皮包取出鑰匙，荒城用戴著白手套的手接過。走近車子後方，插入鑰匙，掀起後車廂蓋。

荒城後退，鑑識人員緊接著上前走到打開的後車廂前。

打開工具箱，迅速取出裝鋁粉的罐子、貌似挖耳勺的刷子、膠帶等物品，開始進行工作。

看著他沾上鋁粉的刷子掃過的地方，美幸感到自己的身體僵硬。

後車廂底部自然不用說，就連兩側及隔間板，鑑識人員也沒瞧過一眼。採集指紋用的粉，灑落在完全不同的地方。

她的心跳劇烈，膝蓋也開始抖動。口中急速乾燥，甚至會痛。

「諸田老師的這裡，」荒城指著自己的額頭。「有撞到什麼的痕跡。我想了半天為何會有那痕跡，最後想到一個可能性。」

從荒城的語氣大致能聽出，這次恐怕無法再找藉口否認。自己將以殺人凶手的身分入獄。

可是，就算想像自己戴上手銬、掛著腰繩的模樣，情緒還是沒有太大波動。也許是因為早已隱約覺悟到會有這一天。

「妳毆打諸田老師後，綁住她的手腳，嘴巴也貼上膠帶。可是，妳沒有碰她的腦袋。因為老師綁著髮髻幾乎不可能掉落頭髮。就算有，也是掉在鋪在後車廂內的塑膠布上。妳是這麼想的吧？」

荒城一口氣說完後，她差點哭出來。因為研人的臉孔浮現。

如果哭了，之前做的一切好像都會變成徒勞，於是美幸用力瞪大雙眼。

在那樣擴大幾分的視野中捕捉到的，是面對後車廂作業的鑑識人員倏然停手的瞬間。

「出現了。」

可以清楚看出鑑識人員向風間如此低語。風間對荒城靜靜點頭。那肯定是「讓她自白吧」的信號。

「佐柄太太，妳的失誤，就是沒注意到被害者曾經一度甦醒，或者就算注意到，也沒想太多就輕易忽視了。」

荒城讓到一旁。

彈起的後車廂蓋。內側，灑上鋁粉後浮現三條線，中央那條線在正中間斷掉。

在她終於忍不住喃喃念著兒子的名字落淚前，這次她真的哼聲冷笑了。因為想像伸枝在那樣的地方抱著最後執念撞頭後才死去的模樣，實在太滑稽。

第四話

第四終章

1

透過被水蒸氣弄得霧濛濛的眼鏡鏡片一看，出門上班前泡的茶水中豎著茶葉桿。

一般人把這視為好兆頭，可是以自己過去的經驗看來，只要這玩意出現準沒好事。

穿上鞋子後，佐久田肇一邊祈求今天平安無事一邊鎖上三〇五號的房門。

轉身的瞬間，差點忍不住啐舌。因為馬路對面有個人影走來，那是元木伊知朗。

元木渾身酒氣沖天。看來今天又是四處喝到天亮。

因為不想和此人扯上關係，他微微以眼神示意打個招呼就想走過。但是果然如他所擔心的，元木細瘦的手臂倏然伸來。

「鄰居先生，早啊。現在要去上班嗎？辛苦了。」

元木放在自己肩上的手指細長蒼白。他用眼角餘光瞄著那個，心裡暗恨茶葉桿。不，歸根究底如果不泡什麼茶，提早一步離開住處，根本不會發生這種事。

「早。」

他掩飾懊惱的心情道早後，元木湊過來搭上他的肩。

「不過，你應該還有時間吧。陪我聊兩句好嗎？」

「不了，我很忙。」

距離他抵達派遣的企業打開電腦，時間其實還很充裕，可是對方是元木。他當然這麼回答。

「急什麼。只要幾分鐘就好。就當作是敦親睦鄰嘛。」

去你的敦親睦鄰。住在隔壁三〇六號的是筧麻由佳這個在劇團工作的女人。她剛入團時是道具工，但是後來轉為演員，現在已是當家花旦。隸屬於那個「Third Epilogue」劇團的元木，只不過是賴在她的屋裡不走。

元木的年紀比自己大三歲。換句話說已經快三十了，可是好像少有站上舞台的機會。收入鐵定也幾近於零。

這樣的元木，此刻收回摟他肩膀的細瘦手臂，從懷裡取出小本子。

「你看這個。」

他翻開本子一看，裡面逐條寫著「今天是幾點起床」、「明天有什麼預定行程」這類簡短問題。

「鄰居先生，你現在隨便在腦中想一個職業。」

「那麼接著，你看著那本冊子，隨便挑個問題來問我。我會化身為醫生回答你。」

佐久田翻到中間的頁數，讀出上面寫的字。

「為什麼遲到了？」

元木裝出穿白袍的樣子回答：

「護理師那邊通知我，開刀時間從上午改為下午。所以我就慢慢來，結果卻發現是對方搞錯了。我慌慌張張要出門時，扭傷了蹠骨腱，我只好自己處理，所以就耽誤了時間。」

「蹠、骨、腱」是人體的哪個部位？雖然不大清楚，不過能夠立刻說出專業術語，不只是因為玩得太投入，或許也表示元木其實努力在鑽研演技。

佐久田一邊這麼暗忖，又讀出另一頁的問題。「今晚你打算吃什麼？」

「我哪有時間吃飯。馬上要參加學會，我正忙著準備發表論文。吃東西還不如直接注射葡萄糖咧。」

歪起嘴角，對自己說出的冷笑話報以自嘲的表演也不賴。

「這遊戲很有意思吧？好，這次交換。鄰居先生，輪到你來扮演我指定的角色回答問題。」

「……噢。」

「要開始囉。『不管別人說什麼都過分老實地同意的人』。」

「啥？」

「『不管別人說什麼都過分老實地同意的人』。那就是你要扮演的角色。」

元木從他手裡一把搶回冊子，開始隨手翻閱。

「我要問問題囉。——下雨了吧？」

佐久田仰望天空。「對。下了。」

「喂喂喂，就只有這樣嗎？你要加點動作嘛。必須過分老實地同意。」

他做出撐傘的動作，元木這才滿意地點頭，繼續下一個問題。

「讓我打你的臉。」

「……好，可以喔。」

他把臉稍微往前伸，元木的肩膀大幅甩動。下一瞬間，元木的拳頭已逼近眼前。

「哈哈，你怕了？開玩笑的啦。」

元木噴出滿嘴酒氣，又翻冊子。

「對了，我記得你答應過要借錢給我。」

「我沒那樣答應過。」

「喂！」元木瞪直了眼。「你忘記角色了嗎？還在練習呢。」

用「練習」來形容這種對話的元木，再次重複剛才的問題。

「……對。我答應過要借給你。」

佐久田回答後，從西裝外套取出皮夾。因為如果不這樣做，八成又會惹惱元木。

「那你現在立刻拿出一萬圓給我。」

他正猶豫該怎麼辦時，背後響起女人的聲音：

「別鬧了，阿元。」

不用轉頭也知道，那個清亮優美的嗓音，肯定是筧麻由佳。

「沒看到人家佐久田先生很為難嗎？」

今天的麻由佳身穿白襯衫，外面罩著淺粉色的長開襟外套。開襟外套沿著左右兩襟綴滿亮晶晶的小裝飾，大概是亮片吧。看起來一點也不俗氣，即便是外行人也看得出應該要價不菲。

最近的麻由佳越來越有女明星的氣勢，大概也是因為服裝升級了。她完全不再像以前那樣穿成衣，身上總是一襲高級訂製服。

雖說是主演者，她活躍的舞台畢竟只是一個劇團。要進軍電影或電視圈還是今後的事，所以收入應該也還不多，她卻能弄到這麼高級的衣服，這或許表示她已有所謂的「金主」。

「你給我趕快回去睡覺。」

麻由佳作勢要輕踹元木的屁股。元木嬉皮笑臉走進麻由佳的房間。

「對不起。把你拖下水玩這麼荒謬的遊戲。」

「……不會。」

「不過，剛才那不是普通遊戲，是表演訓練的一種方法，稱為『角色扮演對話』。」

「原來是這樣啊。」

「別看元木那樣，其實他本性非常認真。如果對自己的演技不滿意，就會非常苦惱。」

在自己看來一點也不認真，不過既然和元木交情深厚的麻由佳這麼說，或許真是那樣吧。

「演員其實很貪心。因為想比別人多活好幾倍，才會當演員。」

麻由佳感慨萬千地說。

2

佐久田用抱枕當枕頭，躺在客廳的單薄地毯上。

腦中浮現麻由佳的倩影。回想三天前見到的亮片那種璀璨晶亮，他對著遙不可及的高嶺之花又嘆了一口氣。

今天不用上班，所以他睡了回籠覺。算來從昨晚到現在已經裹著毯子躺了快十個小時，不過即便如此，或者該說正因如此，脖子還殘留沉重的疲憊。呵欠也一個接一個。到現在都還提不起勁爬起來。

他望著天花板開始玩手機。雖然從事科技業的工作，但是由於平常用的都是電腦鍵盤，對於手機的快捷輸入法完全沒轍。不過「筧麻由佳」這四個字已經打過數不清的次數，所以倒是一點也不費事。

所屬劇團是「Third Epilogue」（第三終章）。

——其實我曾經三度放棄成為女演員的夢想。

曾在某個訪談中如此表示的麻由佳，和她隸屬的劇團「第三終章」這個名稱或許堪稱絕配。

比起上次搜尋時，點閱次數明顯增加了。搜尋圖片時，也出現多張他以前沒見過的照片。這表示她的女演員之路顯然更上一層樓。

佐久田精神振奮地打個響指。

之後，他感到力氣從那指尖驟然消失。

他不可能老實為此歡喜。如果麻由佳保持這種狀態繼續走紅，肯定很快就會搬離這種月租六萬七千圓的公寓。她一定會搬去那種只有藝人能住的，保全系統格外森嚴的高級公寓大樓。

把手機放到肚子上，他又想嘆氣了。門鈴就在這時響起。緊接著還有用力敲門的咚咚聲。

他身上只穿了T恤和四角褲，本來想先去披件衣服，可是聽到對方語帶急切地直呼「佐久田先生！」，他只好眼鏡也沒戴就趕緊去開門。

把手機放到桌上，小跑步到門口一看，敲門的是麻由佳。即便用裸眼〇．三的視力起碼也能看出，今天她穿的不是高級訂製服，而是深藍色防風外套。而且不知怎的一臉驚慌失措。

「不好了！他說要自殺！」

「……請問，到底是什麼事？」

「總之你先跟我來。立刻！」

他被拽著手，帶去隔壁——麻由佳的住處。

這棟公寓，每一間的格局都一樣。從玄關一進去就是走廊。走廊盡頭有扇門，門內是挑高夾層式的客廳。

房門從上到下鑲嵌著細長形玻璃。長寬應該有八十公分乘二十公分吧。透過玻璃朝客廳裡一看，室內有個男人。

是元木。

他穿著前面有拉鍊的寬大運動衫，站在夾層的梯子上。雙腳踩在約有七、八級的梯子中段，脖子上纏繞繩子。是直徑約有二公分那麼粗的黑繩，繩子另一端綁在夾層的欄杆上。

看樣子，他似乎趁著麻由佳出去一下時已準備好要自殺。

「慢著，你冷靜點！」

佐久田開門這麼一喊，元木的視線掃來。

「是鄰居先生啊……。你別管我。不用你雞婆。聽著，別靠近我。只要你敢動一步，我就立刻吊死給你看。」

「你冷靜點。」

從這裡到元木的位置大概有四、五公尺。若要撲過去壓制他，這距離太遠了。

「我犯下大錯。只能以死負責……」

「你千萬別做傻事，阿元。」

麻由佳的呼聲，令元木在一瞬間表情微變，但是結果他還是踢開夾層的梯子。

修長的身子懸在半空。

瞪大雙眼咬緊牙關的元木，似乎痙攣發作般全身微微抽搐後，眼睛一閉，脖子頹然歪倒。

大概是怕腳踩到地上，他用的繩子極短。綁在欄杆的繩結下方就是元木的腦袋。

「叫救護車！快叫救護車！」

麻由佳對他撂下這句話，就衝進屋內。

「還要報警，順便去附近找人來！」

佐久田跌跌撞撞跑回自己的房間。

抓起手機，微微顫抖的指尖先按下一一九。也通知警察後，他正想回麻由佳的房間卻驀然駐足。順便去附近找人來——記得她剛才應該是這樣說。

元木個子很高。雖然瘦，可是以那樣的個頭，體重應該超過七十公斤。要把他放到地上，的確需要多一點人手。

雖然很慌亂，至少還能做出這樣的判斷。佐久田逐一去按同一層樓每個房間的對講機。

即使連走廊最邊間都按了，還是沒有任何人露面。這是單身者專用公寓，又是已過了正午的非假日時間，想當然耳，大家都去上班了。

正要回麻由佳的房間，雙腳卻遲遲不肯前進。前方還有一個上吊的男人等著。再次打開三〇六號的房門前，有必要調整呼吸。

元木還掛在半空中。

身材嬌小的麻由佳，似乎無法把身高超過一米八的元木放下來。

她採取的應變措施，是撐住元木的身體。從後方抱著元木的腰。想必是藉此讓元木的體重不要全放在脖子上。

然而，一眼就看得出，元木恐怕已經斷氣了。

總覺得他修長的身子好像變得更長了。

3

給便衣警車打蠟的工作終於做完。

早坂堇走到車庫入口，自己按摩著腰部仰望晴空。

雖然實際上有等於沒有，但在制度上，好歹也給刑警的工作安排了午休時間。距離下午開始上班還有一點空檔。

——順便也檢查一下車身的傷痕吧。

新人負責的工作之中，管理偵察車輛最重要。如果偷工減料被學長盯上了，說不定會演變成退回派出所執勤的最糟事態。

正要回車庫內時，好像聽見腳步聲。定睛一看，一個人影正快步走來。是風間公親。

他的手指轉圈，比出某種信號。肯定是叫她立刻發動引擎。

她慌忙收拾洗車工具，坐上駕駛座。

「用了幾分鐘打蠟？」

這是坐在副駕駛座的風間開口第一句話。

「應該有十五分鐘。」

因為想盡量做得仔細點，其實用了三十分鐘以上，但是她不想被當成笨手笨腳的傢伙。

「T區二街『青野之家』公寓。三〇六號房。縊死。死者是元木伊知朗。男性。二十九歲。職業是舞台劇演員。參考人有兩名。同室的女性和隔壁的男性。兩人都目擊上吊的瞬間——」

目的地和案件，以及相關情報。這是風間說出的第二句話。

她剛才回答時已經少報了一半時間。可是風間八成想說那樣還是太慢吧。風間在暗示：妳該學的事情還多得很，保養車子這種小事要更有效率地盡快解決。

車內收音機播放的是三弦琴伴奏的說書節目。她操作觸控板，換個頻道。

比起戲曲和音樂，還是能夠吸收什麼知識的節目比較好。接受刑事講習時教官再三強調過，Rapport——「彼此的信賴關係」很重要。先看偵訊和打聽情報的對象是哪一行的人。能夠針對那一行說出一番見解，是建立信賴關係的祕訣。

轉到某個女主持人的廣播節目時：

「我認識的人之中，有位中等規模的演藝經紀公司老闆。按照那位老闆的說法，偶像明星走紅是有祕訣的。」

收音機傳來的，是這種話題。

這個節目應該不錯。根據剛才風間說的情報，上吊的男人是演員。如果先吸收一點演藝圈的知識，向相關人士打聽時，或許能派上什麼用場。

不過，早在她被調派到總局之前就已入門的荒城學長說過，風間是個相當沉默寡言的男人。若是這樣，或許能學到如何用迴異於話術戰略的手法去攻略案件關係人？

「說到答案，那個祕訣就是隨時隨地跟著已經成功的偶像明星。這樣的話，據說那個人堪稱百分之百也會走紅。」

套用在偶像明星身上的法則，如果也適用於刑警，那麼自己只要一直跟著優秀的刑警，肯定也能具備一定的能力。

這才想起，荒城也提過聯想遊戲。據說風間曾經教他，在紙上寫出十三個名詞之中，第十個就是內心的真正想法。可是，事後荒城翻閱心理學書籍，書上寫的好像是「最能反映內心想法的是第十三個名詞」。

風間明知如此，為了激勵荒城，面不改色地告訴他錯誤訊息。如此看來，這位指導官不僅沉默寡言，或許也擁有老奸巨猾又精明的另一面。

就在她一邊偷窺閉著眼的風間一邊這麼想時，抵達報案的公寓。

命案現場的屋內有很多花。屋主覓麻由佳據說是劇團的當家花旦。每次公演大概都有粉絲送花到後台。

據說是上吊的元木這個男人的遺體，已經放下來橫陳在地。

堇雙手合十後彎下腰。

元木的臉色蒼白。這是典型縊死——脖子掛著繩圈，雙腳踩不到地的狀態下完全懸空時——的特徵。像這種典型的情況，由於全身體重都施加在頸部，造成頸椎動脈被壓迫，流往頭部的血液中斷，因此會臉色發白。如果是靠在門上或趴臥姿勢下的非典型縊死，通常會臉部充血發紫腫脹。

起身後向上一看，挑高夾層圍著欄杆，那根不鏽鋼橫桿上，可以看到依然纏繞著陳舊起毛的繩索，可能是麻繩。

不久驗屍官和鑑識課員也抵達。他們驗屍和保存現場時，堇就在隔壁的佐久田住處詢問相關人員。

首先，從略遠處朝麻由佳的臉孔一看，即便從這個位置也能清楚看出，她的額頭有點冒汗。

董找到應是第一個抵達現場的年輕制服警員，小聲詢問：

「那個姓筧的，剛才有沒有一再去上廁所？」

她認為對方可能因為目睹上吊現場，震驚過度導致身體不適。

「沒有，我來了之後，就一直盯著她，她一次也沒去過廁所。」

「是喔。謝謝。」

董走近麻由佳，遞出名片。

「不熱嗎？」

雖是五月，麻由佳身上卻裹著深藍色防風外套。而且把拉鍊拉高直到喉頭。如果不是身體的問題，那她額頭冒汗應該就是被熱的吧。

董比手勢問她要不要脫掉外套。

「不。沒關係。」

麻由佳用合攏衣領的動作回應。親眼目睹一個人吊死的場面。或許的確會在心理上產生寒意。

「那麼，可以請教妳幾個問題嗎——妳和過世的元木先生是什麼關係？」

「我們是同一個劇團的團員。他有時會來我這裡討論工作。」

「元木先生自殺前有什麼徵兆嗎？比方說，最近心情不好，或者有什麼煩惱，工作不順遂。」

這時董發現自己也在冒汗。是冷汗。因為指導官風間環抱雙臂兩眼發出精光一直盯著這邊，令她很不自在。

「這個嘛，我也不太清楚。因為除了工作，我們平時並沒有那麼深的交情……」

聆聽的過程中，董忽然發現自己在凝視麻由佳的臉。下眼皮有深邃的弧度，黑眼珠很大。不是大得突兀，感覺上黑眼珠和眼白的比例十分協調。頭髮很短，大概是因為在舞台上必須戴假髮，那個髮型也很適合她。

問完麻由佳，董接著來到佐久田這個男人面前。

臉色蒼白的佐久田，瞪著她遞出的名片看了兩次。

「……早坂小姐，是刑警？」

「是的。有什麼問題嗎？」

明明是自殺，為什麼會有條子出馬？簡而言之，佐久田的眼中流露這樣的懷疑。

「自殺是非正常死亡。在醫院有醫師照顧下死亡時稱為自然死亡，警方不會介入。可是除此之外的狀態下如果有人死亡，一律都會視為非正常死亡來處理。」

「……噢。」

「非正常死亡時，雖說機率不高但也有可能涉及刑案，所以刑事課會到場勘查。」

非正常死亡，自然死亡。這種陌生的名詞，佐久田或許還是聽不太懂。他點頭說「是這樣啊」的動作有點含糊，可是現在實在沒那麼多時間沒完沒了地解釋司法制度給他聽。

堇把手放到佐久田後腰，把他帶到房間角落。

「剛才筧小姐對於她和元木先生的關係，她說『除了工作之外沒有太深的交情』，關於這點，佐久田先生怎麼看？」

堇眼尖地發現，她壓低嗓音以免傳入麻由佳耳中的問題，令佐久田的表情微妙地扭曲。

「……我不太清楚。」

「除了筧小姐本人之外，平時會出入筧小姐住處的，只有元木先生嗎？」

「對。……不對，好像還有一個人。」

「是誰？」

「一個叫做Takeo的人。」

武尾，竹生，丈雄……連這個Takeo是姓氏還是名字都無法判斷，腦海浮現一些發音相同的字眼。董用眼神催促佐久田繼續說。

「我並沒有看到人，只是有幾次從我房間隔著陽台，聽過喊那個名字的聲音。」

這棟公寓算是蓋得很牢固，但季節已是初夏。如果打開落地門只剩紗門，聲音的確有可能傳到隔壁。

「那是誰的聲音？」

「是筧小姐。」

帶著佐久田回到麻由佳面前，她向麻由佳確認此刻獲得的情報。

「對。其實，我正考慮下次公演時把活躍於明治和大正時代的作家故事搬上舞台。以武者小路篤實或志賀直哉這些白樺派的人為主角。所以打算讓元木飾演有島武郎的角色。」

「原來是那個武郎（Takeo）啊。難怪。」

「難怪……？請問這是什麼意思？」

「剛才觀察現場，那根麻繩已經很舊，都磨得起毛了。」

換句話說，元木使用的是配合明治及大正時代背景的道具。董原先還奇怪為什麼不用容易取得的尼龍繩，這下子才恍然大悟。

「元木先生上吊後，筧小姐拜託佐久田先生通報消防隊和警察是吧？」

「是的。」

董望向佐久田。這麼一看才發現，他的臉色比剛才更蒼白。

一問之下，本就身材頎長的元木，上吊之後看起來似乎變得更修長，那一幕似乎讓他相當震撼。

「因為受到重力拉扯，如果是上吊，實際上身高的確會拉長。很多自殺者都沒考慮到這點，因此雙腳著地自殺失敗的案例並不少。」

如果冷靜解說，對方應該會稍微鎮定下來吧？董抱著這個念頭說出口，但佐久田的臉上並未恢復血色。

「佐久田先生，你向消防隊和警察報案，加起來總共花了幾分鐘？」

「我想應該有五分鐘。」

董又回頭看麻由佳。

「那段時間，筧小姐在做什麼？」

「我心想不管怎樣都得把阿元——元木的身體先放下來。但我找不到可以割斷繩子的刀子。於是我就抱著他的身體，以免脖子繼續被勒住。」

「繩子是綁在夾層的欄杆上吧？」

「對。」

「是誰解下來的？」

佐久田微微舉手。「是我。」

「筧小姐沒有碰繩子嗎？」

「對。」

「急救隊員和警察抵達後，妳在做什麼？」

「我想應該會向我們詢問情況，所以和佐久田先生一直在現場旁觀。」

這時風間倏然走到他們身旁。

「剛才妳檢查過被害者的手嗎？」

堇不大明白風間為何在這種節骨眼問起那種問題，但指導官想必有指導官的盤算吧。總之自己沒檢查，也沒看到鑑識課員這麼做，因此只能老實回答「沒有」。

這時，麻由佳從椅子站起來。董還沒來得及問她要去哪，她已經把臉轉向佐久田。

「可以借用一下廁所嗎？」

「請便。」

麻由佳走到廁所門前時，風間迅速移至她面前。

「以前看過您的公演，深受感動。」

風間伸出右手如此說道。

「謝謝。」

「現在想必深受打擊，但是還請您振作起來。」

他朝女演員伸出的右手，又往前伸了一點。那是要求握手的動作。

麻由佳垂眼握手後，走進廁所。

「再去檢查一次遺體。」

在風間催促下，董走出佐久田的住處。

這時驗屍官已檢視完畢，鑑識課員也做完現場保存的工作了。

如果驗屍官當場判斷是自殺，遺體就會交還給家屬。可是如果稍有刑案的嫌疑，就會送交司法解剖。

在玄關口，風間用左手從西裝外套的口袋取出採證膠帶，放到鞋櫃上。

「妳知道所謂的羅卡定律吧？在任用科時應該學過。」

菫不解風間為何會沒頭沒腦問起那種問題，一頭霧水地點點頭。

「那妳說說看，是什麼定律？」

「那個定律是說，凡是兩個物體接觸，雙方一定都會留下痕跡。」

「對。比方說，我被菜鳥不開竅的笨腦子激怒，勒住那傢伙的脖子。」

拜託別開這種黑色玩笑——當下氣氛讓她連這樣簡短的一句話都說不出口。

「結果，我的手指和掌心，留下妳的皮脂。妳的脖子上，也會留下我的皮脂，以及指紋。所以要這樣——」

風間將右掌舉到臉部的高度給她看，然後按向採證膠帶。把膠帶放進透明塑膠袋，拉上封條。

「採取物證加以保存。知道嗎？」

「是。」

菫收下裝有採證膠帶的塑膠袋後，走進客廳。

風間走到驗屍官和鑑識課員面前，好像在找他們商量什麼主意。

之後，偵查人員全部退到房間角落。風間剛剛肯定是去拜託他們協助教育新人。

大家的視線都集中在她這邊。菫有點緊張。

「我剛才聽了驗屍官的意見。妳想知道嗎？」

「想。」

「在那之前，先說說妳的意見。」

「我認為是自殺。」

「也就是說，毫無犯罪的可能性？」

這個問題，她無法斬釘截鐵回答。根據從麻由佳和佐久田那裡聽來的說詞想像狀況後，不管怎麼看都覺得元木的行為是自殺。麻由佳和佐久田也沒有事先串供隱瞞什麼的跡象，因此絲毫感覺不出有任何犯罪的可能性。可是，總覺得有點不對勁——。

「不。我認為，這麼斷定似乎為時過早。」

「有什麼根據讓妳這麼說？」

「……直覺。」

「具體而言，接下來要怎麼做？」

「進一步清查被害者周邊——」

「那是理所當然吧。」

她絞盡腦汁才擠出的話還沒說完就被風間搶白，緊張與不安令心跳突然加速。

「比起那個，此時此刻，還有非常簡單就能做到的事。妳認為是什麼？」

「……進一步仔細檢查屍體有無疑點。」

「那麼，該從何處著手，怎麼調查？妳做做看。」

菫努力回想在刑事任用科接受過的實習，一邊查看縊溝——脖子上的繩索痕跡。

就典型縊死而言，殘留的痕跡似乎有點淡，但這也許是自己多心。

結果，她無法指出疑點。

「投降了？」

「是……。對不起。」

他們離開麻由佳的住處，回到車上。

「筧和佐久田的供述，有讓妳懷疑之處嗎？」

「有。」

「又是妳拿手的直覺？」

「對。」

「說說看。」

「就是那句『別做傻事，阿元』。據說當時筧麻由佳是這麼說的，可是根據佐久田的證詞，那時元木好像表情一變。佐久田說他『露出不可思議的神情』。」

——死前，為什麼會有那種神情？

她在瞬間遲疑是否該接著這麼說，但最後還是閉上嘴。因為她猜想，從風間口中冒出的，八成會是「查明那個就是妳的工作」之類的話。

4

元木的住處，和麻由佳住的公寓大樓相比，是相當粗製濫造的老舊雙層公寓。

向管理員出示搜索令，請對方開門一看，室內瀰漫菸味。

狹小的床上，散落著幾張國內外電影的ＤＶＤ。地上堆滿脫下隨手一扔的西服和牛仔褲，必須費一番功夫才能找到地方落腳。

屋主似乎是那種「超級自戀狂」。用圖釘釘在牆上的元木照片，隨便一看都有近五十張。

看著新人時代還保有青澀的舞台演員，董想起當時自己在本縣東北部的Ｆ分局被任命為刑警的時候。

成為刑事課一員滿三個月後，上司叫她去分局長辦公室報到。雖然經常被人說「直覺靈敏」，唯獨這一刻，她完全摸不著頭緒為何會被叫去，所以特別奇怪。

「下個月起妳去總局報到。是搜查一課強行犯組。」分局長的話令她喜出望外，也向身邊人吹噓自己獲得提拔，但是現在想想，那種行為似乎只是想盡可能掩飾比喜悅加倍的恐懼。

畢竟，「去總局搜一強行組待三個月」，換句話說，也意味著要拜入那個風間道場門下。

「做好心理準備喔。」分局長最後補充的這句話，至今縈繞耳中久久不去。

之後，她想起昨天看到的遺體蒼白的臉孔，對著一張照片在心中再次合掌默禱。

如果元木的死確定是自殺，想必也不可能命她做這項調查。換句話說，驗屍官根據某種線索，判斷「有犯罪的嫌疑」。

那個線索是什麼？直到今天，風間還是不肯告訴她答案。

有沒有足以懷疑犯罪性的物證呢？不管怎樣先開始搜索再說。

董瞥向書架。有幾本關於有島武郎的書。都貼著市立圖書館的標籤。

她隨手翻閱之下，得知這位作家是殉情自殺。

從抽屜裡找到幾張信紙。

至此地步只能一死。實在很抱歉。深感責任。只能以命謝罪。

雖然沒有署名，但分明是元木的筆跡。

風間打從剛才就一直望著貼在牆上的幾張照片。董站到他身旁，他依然盯著牆壁目不轉睛。

「看到這裡的照片，妳發覺了什麼嗎？」

風間如此問道。

「至少可以確定，此人相當受女人歡迎。」

根據她向劇團相關者打聽的消息，作為演員沒沒無名的元木，也曾被調到道具組，但在那個領域似乎更不中用。

也難怪元木會立志當演員，他的長相算是俊俏。似乎從來不缺女伴，有很多和女人的合照。五十張照片之中，超過一半都是那種合照。

也有和麻由佳的合照，但是僅有兩三張，剩下的都是和其他女人的合照。八成都是劇團成員，和一般公司的粉領族不同，那些女人看起來氣質奔放。

故意穿著過時服裝的瘦女人，也許是服裝師。頂著巨大的捲髮，看起來像腦袋爆炸的胖女人，可能是梳化師。

其中尤其引人注目的，是五官頗有貴族氣息的女人。

即便和元木並肩而立，腦袋高度也相差無幾，就女性而言算是相當高。

挺直的鼻梁，從正面看是細長的菱形。不厚不薄的唇型很漂亮。這個應該不是幕後工作人員，而是站在舞台上面對觀眾的女演員吧。而且肯定是主演級，所謂的當家花旦。

「就只有這樣？」

風間這個追加問題，她一時之間答不上來。

「要記住別人的長相有個有效的方法。」風間的臉還是沒動，但這次視線掃過來。

「在任用科的講習學過嗎？」

「是的，學過。」

雖然做出肯定的答覆，但她還是費了一點時間搜尋記憶。

「學過把五官各自分為幾類的方法。」

也就是像蒙太奇拼貼照片那樣，把臉部的要素分為輪廓、髮型、眼、鼻、口。進而，比方說輪廓可以再細分為圓臉、方臉、細長臉這些類型，儲存在腦中。

回想時，就把那些五官中最具有特徵的部分——例如佛像那種大耳垂——從儲存區拽出來。只要讓那個浮現腦海，就算眼睛和嘴巴的形狀普通，也會被「佛像那種大耳垂」帶動著想起整體形貌。

科搜研派遣過來的講師說，鼎鼎有名的達文西好像也是這樣記住人們的臉孔。

風間朝她轉過頭。

「如果是我的臉，妳會怎麼記憶？」

應該才四十幾歲卻已滿頭白髮。那是最大的特徵。

「不好意思，我會用『白髮的風間先生』來記住您。」

「那妳怎麼記憶這個女人？」

風間指的，是身材高䠷的「當家花旦」。

「這個嘛……可能會用『鼻子是菱形的女演員』這種方式吧。」

風間轉身背對牆。是在自己回答後，停頓了一下才做的動作。

——先找找看那個女人。

剛剛出現的瞬間沉默，在這麼告訴她。

5

女人慢吞吞推著輪椅的手推輪圈。

揹著雙手散步的老人越過她身旁。手動式輪椅沿著小徑前進的速度，就是這麼緩慢。

下午三點起，會沿著河岸的步道繞行一圈。根據事前得到的情報，只要沒下雨，那就是女人每天的例行活動。

堇站在略遠處，一直默默觀察女人，最後判斷時間差不多了，才從背後接近女人，繞到輪椅前方。

女人抬起頭。不厚也不薄的嘴唇，以及上方細長菱形的鼻子——這點雖然沒變，輪廓卻有點橫向發展。

大概是雙腿不良於行後的影響吧。昔日以「椿亞沙美」這個名字廣為人知的女人，比起昨天在元木房間看到的照片，胖了一點。

堇打聲招呼，遞上名片。

亞沙美態度敷衍地收下名片，董微微低頭行禮。

「關於那場意外，我很遺憾。」

昨天從元木住處回來後，她就窩在局裡的資料室。立刻查出照片中的女人是名叫椿亞沙美的演員，隸屬於「Third Epilogue」劇團。不過，掌握亞沙美半年前從車站樓梯摔落受到重傷的事實，卻費了一點時間。

「我朋友是妳的粉絲，好像很期待妳下一次的舞台演出。」

為了不讓對方察覺是隨口瞎掰，也為了不冒犯亞沙美，她刻意用漫不經心的口吻隨口說出。就算傷勢痊癒了，要讓增加的體重和衰退的肌肉恢復原先的狀態，想必也需要極大努力。

亞沙美把收到的名片朝蓋在腿部的布上一扔。

——沒什麼好說的。

她沒有這樣出聲回答，卻立刻又開始轉動輪椅。

也難怪。

——我是被人推的。

摔落樓梯後，亞沙美曾這樣哭訴，警察卻當成她自己得負責的意外事故處理。要她別對警方不信任才是強人所難。

董看著輪椅擋泥板沾到的小土塊說：

「妳知道把車子弄乾淨的簡單方法嗎？只要用浸過燈油的布一擦就行了。這樣做，比打蠟更省事。」

這是昨天交通課的熟人教她的小祕方。

「這個做法，說不定也可以用在輪椅上。」

果然，對於這種話題，亞沙美沒有任何反應。

「對了，前幾天我聽廣播節目，據說偶像明星要走紅是有祕訣的。」

亞沙美推手推輪圈的手加速。董也加快腳步。

「據說那個祕訣，就是緊跟著已經成功的偶像。果然，模仿在演藝圈好像很重要呢。」

臉頰感到亞沙美的視線倏然刺過來。

「舞台上的演出當然不用說，舉凡打招呼的方式、和工作人員的來往或玩樂方式，全都徹底模仿。這樣做久了，自己也會變得很像前輩的分身吧。所以廣播節目說這樣就會走紅。」

「刑警小姐，那種事在這個圈子是常識。」

完全碰壁。這個女人的自尊心相當強。雖然早就知道演員多半有怪癖，但是亞沙美還是有點超乎她的想像。

不，亞沙美本來一定是個直爽的女人。也許是受傷導致性格扭曲。任誰以這種形式跌落明星寶座都會對社會充滿恨意。都這樣了還能率真生活的人，反而不可信任。

看來只好改天再來了。董如此思忖，轉身離去。

才走兩步就停下腳，脖子向後半扭。因為她感到某種動靜。

定睛一看，輪椅旁掉了一塊白布。

「妳的手帕掉了。」

「妳可真是明察秋毫。」亞沙美向旁彎下上半身，撿起手帕。「妳怎會發現？明明完全沒聲音。」

「我也不知道。」

勉強要說的話，大概是靠感覺吧。

「對了，妳想問我什麼？」

亞沙美為何突然態度軟化？董決定待會再思考這個原因，湊近她說：

「我想請教妳和元木先生的關係。他曾經向妳告白吧？」

「對。」

「而且，妳拒絕了吧？」

形狀姣好的菱形鼻子，從上向下緩緩晃動。

6

佐久田長吐一口氣。緊張讓心跳劇烈得超乎想像。

若是自己居住地區的轄區分局倒是去過幾次，但這還是頭一次走進縣府警察局大樓。

——關於元木先生死亡的案子，我想做個模擬實驗。請你務必到場。

他是接到早坂這個女刑警的聯絡才來的，但她在電話中並未說明究竟是什麼實驗。

來到一樓門廳迎接他的早坂，穿著深藍色防風外套。

他被帶去的，八成是「列隊認人」時使用的場所，是個昏暗的小房間。區隔此刻自己置身的房間與隔壁房間的牆，只有一面玻璃窗。他猜想那就是所謂的單向透視玻璃，對方應該看不見自己這頭。

在催促下走近窗邊。早坂請他在椅子坐下。

窗邊放了桌子，也有麥克風。只要對著麥克風說話，那一頭的房間好像就能聽見。

此刻，從那面窗子看過去，隔壁房間有風間這名刑警。穿著拉鍊式運動衫。似乎是ＸＸＬ或３ＸＬ的尺碼，即使是身材壯碩的男人，穿上後也有點鬆垮。

更令他在意的，是風間站在板凳上，而且脖子纏繞粗大的黑繩。繩子大概是這裡的倉庫找出來的，綁在室內單槓健身架的上方橫桿。

一張辦公桌被推到房間角落，上面放了應該是這場「實驗」會用到的剪刀及碼表。

「佐久田先生。請你注意看。」

早坂這麼對他說後，望著玻璃窗那頭把嘴巴湊近麥克風。

「主任。準備好了。請開始吧。」

風間聽了那句話就將雙腳離開板凳，變成懸在半空中，早坂倏然把臉靠過來。

「怎麼樣，佐久田先生？你現在看到的，和你上次在筧小姐住處目擊的情景，看起來一樣嗎？還是有什麼不同？」

「看起來幾乎……完全一樣。」

元木上吊那瞬間的影像，依然清晰烙印眼底。風間的雙腳離開板凳，懸在半空的樣子，幾乎和當時一模一樣。

「謝謝你。」

佐久田眼尖地發現，早坂一手微微握緊拳頭。看樣子，她今天安排這個場面最大的目的，好像就是要從自己嘴裡聽到剛才這句話。

「可是，那位風間刑警沒事吧？應該不是真的上吊吧？」

照理說風間不可能聽見自己的聲音，但他原本閉著的眼睛這時緩緩睜開了。在旁人看來正處於縊死的狀態，所以這一幕有點令人毛骨悚然。

「如你所見，他當然沒事。——請你在這裡稍待片刻。我現在就讓你見識一下，上吊為何還能活著的玄機。」

早坂撂下這句話就走出房間，隨即出現在隔壁，從推到房間角落的桌上拿起剪刀。刀刃看起來特別堅固，大概不是普通剪紙用的，而是連金屬也能剪斷的那種工具。

早坂走近風間，踩上板凳，把剪刀對準他頭上。

佐久田以為她要剪斷黑色粗繩，可是再仔細一看，似乎並非如此。剪刀的刀刃沒對準繩子，不知為何是對著那背後。看來繩索的背後，似乎還有一根鋼絲之類的東西。

和背後牆壁一樣塗成白色的鋼絲，被早坂用剪刀剪斷。黑色繩子頓時也從中間斷掉了。

從懸空狀態被解放的風間雙腳踩到地面後，早坂跳下板凳，動手脫下他身上的運動衫。

從運動衫變成一襲白襯衫的風間，上半身穿著奇怪的東西。是所謂的安全帶。纏繞在腹部的寬幅皮帶，似乎被肩膀的帶子牢牢固定在上半身。

「佐久田先生，你明白了嗎？」

不知收音麥克風裝在哪裡，但是早坂在對面房間一說話，聲音就會從這頭房間的天花板喇叭傳出來。

早坂用手指著風間身上的安全帶。

「戲劇作品中，不時會出現上吊的場面，但是演員不會死，就是因為有這個支撐。」

安全帶背部的皮帶上，也綁著白色的細鋼絲。剛才風間的身體，不是被繩子而是被鋼絲吊在空中。

即便如此，看起來也只像是被繩子吊起，是因為繩索打結的位置和風間的頭部之間幾乎沒有距離，風間的身體遮住了鋼絲。再加上鋼絲如果又和背景同色，就更難察覺鋼絲的存在了。

「至於繩子，是舞台劇和電影使用的特殊道具。」早坂補充說明。「為了安全起見，只要稍微施力就會輕易斷掉，這點正如你剛才所見。」

有鋼絲的安全帶，想必也是舞台使用的小道具。

當時，自己站的位置距離夾層的欄杆有四、五公尺之遙。要識破機關，這個距離太遠了。而且他又沒戴眼鏡，自然更容易上當。

「可是這時，如果把繩子換成真貨——也就是說，不是舞台用的小道具，換成無法輕易斷掉的普通繩索會怎樣？」

答案只有一個。元木的脖子真的被勒住了。

「佐久田先生，我再問你一次，從你跑出筧小姐的住處，到你再回到那裡，大約過了幾分鐘？」

「五分鐘左右。」

「謝謝你。那麼，請繼續觀賞。」

早坂按下碼表開始計時後，把安全帶從風間身上取下，接著脫掉自己穿的深藍色防風外套，身上只剩襯衫。

她把安全帶裝到自己的上半身，將鋼絲拉到身體前面，隨手纏繞在安全帶的肩帶上固定。

接著再次站上板凳，把手伸向室內單槓健身架。

那裡還垂掛著被剪斷的鋼絲殘餘部分。那根鋼絲是以問號形的金屬掛鉤接在室內單槓健身架的橫桿上。

早坂從健身架取下掛鉤後，掛在鋼絲連同安全帶腰部皮帶的地方。再穿上防風外套把掛鉤巧妙藏在衣擺底下，隨即按停碼表，隔著玻璃給他看顯示數字的那一面。

「三分四十五秒」──不到五分鐘便輕易搞定。

「佐久田先生，請你走出那房間，過來這邊好嗎？」

應早坂之請走進隔壁房間後，果然，從隔壁看來是玻璃的那一面，在這邊看到的是大鏡子。

「佐久田先生從鄰居筧小姐那邊，應該聽過一些演員的工作內容吧？」

「……對，聽過一點。」

「那我想你應該知道，據說演員有各種方法讓自己融入角色。比方說，如果演的是自殺的角色，就會真的寫出遺書。」

「好像是。」

「還有一個方法，就是演員身邊的人，平時不喊他的本名，而是用角色名稱稱呼。這種方法我也聽說過。」

「……是。好像也有那樣的情況。」

「筧小姐最近，該不會都喊元木先生『武郎』而非『阿元』？元木先生表演上吊時，她喊的是『阿元』，可是在元木先生的認知中，這時筧小姐用的稱呼應該是『武郎』才對。所以元木先生才會露出不可思議的神情。——你認為我這番推理如何？」

他已明白早坂的言下之意。也理解了麻由佳可能玩弄的障眼法。

然而，此刻自己腦中冒出的想法太荒謬，一時之間令他無法置信。

見他啞口無言，風間忽然轉身背對他。

「不好意思，有一個奇怪的請求。能否請你從我後面抱住我？」

「……那樣，是什麼意思？」

「佐久田先生報案後，回到筧小姐房間時，她好像正從後方抱著元木先生支撐他的身體吧？」

「對。」

「我想重演當時那一幕。」風間始終沒轉身，繼續說道。「換句話說，我來扮演元木先生，你扮演筧小姐。」

「……我知道了。」

那就恕我失禮了——佐久田小聲道歉後，從背後摟著風間的身體。

他稍微用力，手中的堅硬觸感令他微微詫異。此人年紀不小，身上竟然毫無贅肉。

「佐久田先生，現在請你盡量化身為當時的筧小姐。——你發現什麼了嗎？」

的確發現一點。

他在腦中再次揣想麻由佳可能用過的障眼法。

自己離開現場通知警察和消防隊的時間大約五分鐘。那麼短的時間之內，元木是否已徹底斷氣，她毫無把握。

正因如此，把安全帶藏起來之後，她必須假裝抱著垂掛半空的元木。乍看之下，好像是在救人，事實上是在確認。確認必須殺死的對象是否尚未斷氣。

同時也暗藏殺機。如果元木因某種緣故又活過來，她必須趁機再次不動聲色地壓迫元木的脖子。

佐久田抱著風間的身體，不由渾身哆嗦。

換句話說，那時，她可能還在繼續殺人——。

7

他們站在陰影中悄悄窺視市民會館寬闊的舞台。

明天就要正式演出，最後一次排演也已結束，但即使四下無人，麻由佳還在繼續練習表演。

之後她拿毛巾擦汗，站在牆邊。那邊貼著劇團下次公演節目的特大號海報。上面也印刷著「筧由佳主演！」這行大字。

他們走到後台，在化妝間前等待。

「妳知道椿亞沙美為什麼會對妳敞開心扉？」

不知道。

「因為演員喜歡直覺靈敏的對手。」

或許吧。合演者如果反應遲鈍，表演起來不可能舒服。

不久後，結束練習的麻由佳回來了。

「辛苦了。」

「咦，是風間先生和早坂小姐啊。這次又怎麼了？」

「關於元木先生死亡的案子，想請教幾個問題。可以耽誤妳幾分鐘嗎？」

她沒說「自殺的案子」。回答「請便」的麻由佳，表情瞬間僵硬的原因就在於此吧。

走進化妝間，對著在梳妝台前坐下的麻由佳，董透過鏡子說：

「對了，我曾聽佐久田先生說，有個訓練演技的方法叫做『角色扮演對話』？」

「對。」

「那我有個提議，不如由妳扮演我指定的人物，回答我的問題？」

「聽起來滿有意思的，可以啊。」

「那麼，能否請妳扮演『不管對方說什麼，都堅決否認的人』？」

麻由佳笑了。「沒問題。」

「那就開始囉。——妳認識椿亞沙美小姐這個人吧？」

「不，不認識。」

「妳本來只不過是亞沙美小姐的替身演員。可是拜她受傷所賜，機會落到妳頭上。」

「誰說的，沒那回事。」

「亞沙美小姐跌落樓梯受傷，是因為妳從背後推她吧？」

一瞬間，沉默降臨。

「絕對不是。如果有人那麼心狠手辣，我還真想見識一下呢。」

「而且犯案時，向亞沙美求愛遭拒因此懷恨在心的元木先生也參與了。」

「我敢對天發誓，絕無此事。」

「之後元木先生開始威脅妳。他說：『如果不希望真相曝光，就給我安排一個好角色。順便最好能罩我一輩子。』」

「我可不記得有這回事。小姐，妳的想像力也太豐富了。」

「不，我只是發揮直覺。那我們繼續喔。——偏偏這時妳有了金主。被其他男人糾纏就更困擾了。」

「妳再那樣胡說八道，太陽都要打西邊升起了。」

「於是妳刻意安排佐久田先生當證人，殺死元木先生偽裝成自殺。也許妳當時是對元木先生提議：『我們來戲弄隔壁的佐久田吧。你表演一下有島武郎上吊自殺給他看。』」

「哎喲，真是謝謝妳，提供這麼有趣的故事。」

「怎麼樣，妳該俯首認罪了吧？」

「那可辦不到。你們又沒有具體證據。如果沒證據，就算是警察也無法把我送進監獄吧？」

「如果有證據怎麼辦？」

堇取出裝在塑膠袋裡的採證膠帶給她看。

「只要把這種膠帶按在手心上，就能採集到微物證。這上面，有元木先生脖子那條繩子的纖維。」

「妳又在開玩笑了。我沒見過那種膠帶，也沒碰觸過。」

「是的。因為這並不是從妳手心採集的。」

也許是太錯愕，麻由佳忘記表演，沉默地瞪著她。

「碰觸膠帶的，不是妳，是這個風間。是風間剛和妳握過手的手。——這是羅卡定律喔。」

「地區[3]定律？不好意思，我沒聽過那種東西。因為我是在都市長大的都市小孩。」

「妳殺害元木先生時，不小心碰到繩子。據我猜測，八成是妳切斷安全帶把元木先生吊在空中想殺他時，他的身體出乎意料地伸長，兩腳快要碰到地面。所以妳急了，不假思索就拽住繩子。」

董一口氣說出這麼多話甚至沒有換氣，頓時有什麼改變了。可以清楚感到，從麻由佳身上接收到的某種氣息倏然一輕。

或許麻由佳內心一隅已經認命了。

「我如果有妳這麼豐富的想像力，搞不好就不當演員改當編劇了。」

她的聲音沒有顫抖。終於能鬆口氣了——沉穩的語氣背後流淌著那種安心的氛圍。

繼續說話前，董用舌尖微微潤唇。

「如此一來，手心當然會沾附纖維。妳沒洗手就和風間握手，於是纖維就轉移到風間的手上。」

就是在風間詢問「妳剛才檢查過被害者的手嗎」的時候。麻由佳聽到這句話，想必驀然驚覺自己情急之下曾經抓著繩子。所以她才慌忙想要去廁所洗手。

先一步看穿真相保住證據的風間，或許堪稱技高一籌的演員？不過，他用的那個「看過演出深受感動」的藉口也太假了。

這時風間站起來。

「耽誤妳這麼久，非常抱歉。——好了，我們也該告辭了。」

堇追在風間後頭也走出化妝間。

不過，他們還不能離開。兩人躲在可以看見化妝間房門的位置。

「拿出手機準備好，筧麻由佳應該會打電話給妳。」

「是。——不過，她應該不會自殺吧？」

「誰知道。」

風間不負責任地回答後，堇的手機立刻響起。

是麻由佳打來的。

「角色扮演對話的遊戲還在繼續嗎？」

「不，已經結束了。」

「那我現在就去找你們報到。」

表演者對生存很貪心。渴望體驗無數人生。既然如此，一定連「被逮捕的犯罪者」

3　羅卡（Locard's）定律和地區（locale）的發音相似。

這種人生也想體驗一下吧？而風間，似乎早就明白這點。

同時，化妝間的門緩緩開啟。

第五話

戒指安魂曲

1

仁谷繼秀瞪著電腦螢幕。

他握著滑鼠任憑時間徒然流逝。

傷腦筋的是，越調整顏色，肉看起來就越難吃。

他接的這個案子是設計廣告傳單。客戶是本地的肉品加工公司，要求紙面的基本色調是淺橘色。他按照客戶這個希望一再試做，可是成果始終不理想。

「老公。阿秀。外面是不是有聲音？」

門外傳來的是清香的聲音。

——媽的！

仁谷胡亂抓頭，猛踹工作桌的桌腳。

可以節省房租。

煩人的老婆隨時在身邊打轉。

把住家當工作室的利弊這樣放在天秤上衡量後，此刻壓倒性增加重量的是後者。

「聽得到沙沙響吧？好像是午後陣雨。我現在可不可以去嗣彥的學校接他？」

仁谷對那聲音充耳不聞，視線回到電腦螢幕上傳單的試做設計。

——豆沙色，灰櫻色，琥珀色，紫草紅色，芥子色……。

他逐一唸出映入眼簾的色彩名稱。

感到憤怒時只要一一數出顏色即可。這麼教他的是替清香診療的失智症門診醫師。好像是傳統的從一數到十那種做法的改良版。把映入眼簾的顏色從一數到十二色。這樣做，據說壓抑大腦憤怒的部位就會被活性化。

「我在叫你，你聽見沒？我可以去嗣彥的學校接他嗎？」

——群青色，松葉色，牡丹色，銀鼠色……。

「這麼大的雨，那孩子居然忘記帶傘。」

清香沒敲門就推門走進工作間。衣服胸口有不自然的皺褶。一如往常又扣錯扣子了。

「所以我得去學校一趟。」

「我說妳啊——」終究無法數到十二色。仁谷忍無可忍，嘆出一口氣。「拜託別開玩笑了。」

「誰跟你開玩笑。如果不趕緊去，那孩子一定會淋成落湯雞感冒。」

仁谷停下工作站起來。

「妳過來看看。」

他讓清香站到窗前，拉開窗簾給她看。

現在還不到晚間七點。夏季的西邊天空，仍殘留些許暮光。而且一滴雨也沒有。

「哪來的午後陣雨？」

「……剛才明明還在下。」

「路面是濕的嗎？」

「真的有下雨。是因為夏天才乾得快。」

他粗暴地關上窗簾，表達「別鬧了」的意念。

「歸根究底嗣彥又是誰？」

「當然是我們的兒子。」

「我們的兒子？世上哪有這號人物！」

二人分別是五十歲和七十歲。妻子清香比他大了二十歲。他們本來是小型設計公司的女上司和男部下的關係。雖然早就隱約有「妻子遲早會失智，或許有一天必須照護妻子」的心理準備，但這天遠比予想中更快來臨。

「真是的，拜託妳清醒點好嗎。白痴。」

清香氣鼓鼓地陷入沉默。

「白痴」……。他很懊悔自己用了過分的字眼。但是另一方面，又覺得說得好像還不夠重。

每天工作一直這樣受到干擾。廣告傳單的交稿時間本來是今天傍晚，可是他到現在還沒完成一半。

清香開始出現所謂「片段失智」的症狀已有半年。在她頻繁的干擾下，他的工作品質下降，接到的案子也變少。上個月的收入有沒有十五萬圓都不確定。

——對不起。

不管怎樣，至少該做出最低程度的道歉，可是他還沒開口，清香已轉身離去。彷彿根本沒發生過挨罵賭氣這回事，她一臉忘記一切的神情走出房間。

仁谷想打電話給田瀨葵。必須請對方同意延後交稿，最主要的是想聽她的聲音。

可是他找不到手機。明明記得放在充電座上……。

他把桌上的文件資料都掀起來找手機，卻還是沒找到。

仁谷追上清香。

妻子在廚房。對了，今天是星期三。現在是晚間七點整。是清香烹調鋁箔紙烤土魠魚的時間。

她把平底鍋放到瓦斯爐上點火。然後去客廳，右手摩挲著左手手指開電視，隨即又回到廚房。

像冷凍土魠魚這種水氣較多的白肉魚，在鐵氟龍加工的平底鍋鋪上錫箔紙，在那上面烤魚似乎就能烤得特別好吃。據說這是超市試吃推銷員也常用的燒烤祕訣。

清香就是在附近超市看到那招。那是一個月前的事。從此，妻子每到週三晚間七點就固定會做這道菜。

妳有沒有看到我的手機——他決定暫時不問這個問題。萬一妻子扔下料理開始找手機就麻煩了。開火的時候很危險，最好默默看著她。

二人在餐桌坐下。雖然失智，但清香本就廚藝極佳。鋁箔紙烤土魠魚在味道這點他毫無不滿。

記得有一次，白米沾了難聞的味道，他曾抱怨過，叫妻子要好好保存米，不過最近他對笹錦米的風味也不再感到不滿了。

之後，他察覺清香悶悶不樂。

「有什麼心事嗎？」

仁谷一邊動筷一邊問，清香把飯碗放到桌上，嘆了一口氣。

「戒指好像搞丟了。就是你送我的那個。」

——又來了嗎。

清香的左手。平時戴的婚戒從那隻手的無名指消失，已有很長一段時間。從此，清香時而忘記戒指遺失時而想起，就會像這樣反覆嗟嘆。

那枚戒指沒有鑲嵌寶石，是造型簡單的銀戒。

即便如此，訂婚當時也要價七萬。過去他從來不曾花大錢買東西，但是只要清香喜歡這就是小錢。雖然其他還有很多需要添置的，但是戒指得先買。猶記當時他從銀行直奔珠寶店，以及那一刻的亢奮，即便二十年後的現在依然印象深刻。

就算問清香是什麼時候丟的也沒用。對於這個已經重複問過多次的問題，妻子最後總是氣鼓鼓地陷入沉默。

仁谷迅速搜尋記憶。五月下旬，他曾替失禁的清香洗澡。他記得當時清香的左手無名指上就已空空如也。下週就是七月了，這表示戒指遺失至少已經超過一個月。

「算了，那種便宜貨。」仁谷把筷子伸向土魠魚說。「忘了就算了。我再買新的給妳。」

正要把土魠魚送到嘴裡時，電話響了。

他還沒說「妳去接一下」，清香已經站起來了。

拿起話筒的妻子，按下將通話內容錄音的紅色按鍵。

她接電話時，一轉身就忘了通話內容令他很頭痛。由於記憶力減退，要讓她養成錄音的習慣必須有很大的耐性。直到最近，她似乎才好不容易學會這麼做。

「是。他在。」清香將話筒貼在耳邊朝他轉身。「請稍等。」

清香遞來話筒。與其說是遞來更像是用力推來。

「我是赤芝印刷的田瀨。這麼晚打擾不好意思。」

一聽到葵的聲音，就感到滿心安寧。

她的聲音略帶鼻音，卻不會讓人感到嬌嗲，只覺得充滿理性。

幹麼不打我手機。他差點不耐煩地啐舌抱怨，但他隨即想起手機不見了。

「我正想打電話給妳。」

「工作進度順利嗎？」

「別提了，對不起，可能要晚一點……」

清香出現失智症狀後，仁谷為了照顧她，只好從原先任職的公司離職。現在在家工作，設計印刷品。葵任職的「赤芝印刷」就是最常和他打交道的企業。

工作延誤，當然是因為妻子。她搞出的各種問題，害他的工作無法如期完成。

「對不起，能否延到下週再交？」

「我知道了。交稿時間我這邊會再調整。」

「感激不盡。」

「對了，你的手機怎麼了？」

葵的語氣突然從公事公辦轉為情人的口吻。仁谷有點慌張地把話筒用力貼在耳朵上。

「一下子找不到。」

「你太太還好嗎？剛才光聽聲音，好像沒什麼精神。」

「沒事。謝謝妳的關心。」

掛斷電話。轉身正想回餐桌，當下一驚。因為清香就站在旁邊。

「我在跟人家談現在接的案子。對方答應讓我延期交稿。」

放回話筒時，他感到腋下冒冷汗。

「事情談完了。」

他又補上這句，一邊長按電話的紅色錄音鍵。這樣刪除剛才錄音的內容後，他推著清香，讓她重新在餐桌坐下。

不管怎樣工作得稍有進展。為此，必須趕緊解決晚餐和家事。把衣服丟進洗衣機清洗和晾曬是清香的工作，將衣服收回來折疊則由自己負責。

仁谷把碗裡剩的味噌湯三兩口扒光，留下清香，獨自離開餐桌。

去洗手間刷牙後，開始收回晾在浴室的衣服。就在這時發現他找了半天的東西。是自己的手機。和襪子一起吊在曬衣架上。

2

「雨下得太大，我把你的汽車停進車庫了。」

門外傳來清香的聲音這麼說。

「噢？雨那麼大啊？」

仁谷起身走到窗邊。拉開窗簾向外看。

和正好一週前一樣，今天也沒下雨。

走到玄關口一看，平時買菜用的腳踏車已牽進脫鞋口。

他把車子推出去，過了一會回去找清香。

「雨真的好大。多虧有妳。」

他這麼一說，清香露出滿足的笑容。

「不過，雨正好停了，所以我把車子又移到外面了。」

輕拍清香的肩膀後，去廚房開冰箱。冰箱裡相當亂。被美乃滋和番茄醬瓶子壓住的雞蛋，在蛋盒裡破了好幾顆。

拉開下層抽屜一看，那裡有個大型米桶，多達一點五公斤的容量，有部分白米已灑到容器外。

清香也進來廚房了。客廳的時鐘就在這時宣告晚間七點。她的神情微變。

「那我開始準備晚餐。」

清香把平底鍋放到瓦斯爐上，從冰箱取出土魠魚，放在鋁箔紙上。

「我之前就說過了，今天要和人談公事。我在外面吃。」

「……我差點忘了。」

仁谷起身。

在玄關準備穿鞋時，腳尖碰觸到堅硬單薄的物體。脫下鞋子倒扣過來，掉出三枚十圓銅板。

是清香幹的。以前她是個勤快細心的妻子，總是這樣保持鞋子的清潔。罹患失智症後，好像把如何利用金屬防霉除臭的生活智慧全忘了，不過最近或許又想起來了。不過，她做了那樣的措施卻完全忘記跟丈夫說一聲。所以才讓自己更煩躁。

他的目的地，是二十層大樓最頂樓的日本料理店，「末永旬菜和膳」這家餐廳。進餐廳之前，他在晚間七點二十分從無人的地方打電話回家。清香接起電話。

「我剛才看了一下，冰箱裡好像有點髒亂。不好意思，拜託妳整理一下冰箱好嗎？」

「知道了。」

他掛斷電話走進店內。

他預約了從窗口可以俯瞰自家的位子。不是面對面，是並肩而坐的情侶座。

從六十公尺高俯瞰雙層樓房的家，目前為止毫無異狀。

他操作手機，事先叫出登錄一一九的畫面。如果家裡失火了，比起逐一按下一、一、九，這樣從螢幕畫面直接聯絡消防隊應該會快上幾秒。萬一火勢波及附近鄰居也很麻煩。他想把損失縮減到最低限度。

「不好意思。我遲到了。」

聽到聲音回頭一看，眼前站著葵。她的妝比平時濃。

仁谷把儲存設計資料的碟片交給葵後，叫來服務生，點了全餐。

「全餐可能要一點時間，兩位不介意嗎？」

「沒關係。」說完，他徵求葵的同意。「沒關係吧？」

「對。」

「我終於找到手機了。被我老婆洗了。」

葵似乎無法判斷該不該笑，浮現困惑的表情。

「很好笑吧？」

他輕戳她的側腰搔癢，葵扭身露出白牙。

「不過話說回來，上次我嚇了一跳。」

他說出一週前葵打電話來時，清香就站在他身後的事。

不過那不算是偷聽他們對話。當時葵對妻子說「能否請繼秀先生聽電話」。妻子只是因為在做接電話這項任務，所以徹底忘記自己正在用餐。

「你太太現在一個人在家吧。沒關係嗎？」

仁谷就算出門留下清香一個人在家，她也從來不會陷入恐慌。

「沒關係。不過，她最近好像情緒低落。」

「為什麼？」

「她好像搞丟了戒指。」

清香遺失的婚戒，是訂婚時仁谷買給她的。當時自己二十三歲，清香四十三歲。

那時候，清香已擁有那個年紀應有的積蓄甚至可稱為一筆財產，自己卻才剛入社會很窮，所以要買下當時價值七萬圓的戒指，必須勒緊褲帶大出血。

根據清香的說法，為了避免刮傷新買的餐具，去廚房時，她好像摘下了戒指。之後，她在做菜的同時被電視節目吸引。電視看到一半才想起廚房的火還沒關，慌忙回到爐子前就發現戒指不見了。

他和葵大約在店裡待了兩小時。

走出大樓和她道別。他邊走邊打電話回家，可是嘟聲響了半天都沒人接。

就算失智的症狀最嚴重時，清香也一定會接聽電話。沒有接電話，想必是已經按照他的計畫死掉了。

仁谷如釋重負地踏上歸路。

走進客廳餐廳和廚房連在一起的房間，只見清香倒在電視還開著的室內。

清香動也不動，所以應該是如他所料死掉了。或許是想聯絡消防隊，她是以手伸向電話的姿勢斷氣的。幸好遺容並未猙獰地扭曲。不僅沒有扭曲，看起來甚至還有點安心。

他想起剛認識時的清香。對於什麼都不懂的自己，清香事事親切關照。她是個名符其實的賢內助。見多識廣，工作也很幹練。之所以決定和她結婚，除了愛情，同時也因為她是個令他尊敬的對象。

他對著那樣的清香遺體低語。

「對不起。」

但他別無選擇。照護病人的疲憊已到極限。請原諒他……。

謹慎起見他特地檢查了一下通話紀錄，沒有打出任何電話的跡象。

——拜託妳整理一下冰箱。

剛才自己打電話回來的內容如果還留著會很麻煩。

這麼一想，他又檢查了一下錄音內容，但清香好像忘記按下紅色按鍵。晚間七點二十分的通話內容並未留下紀錄。

安全裝置似乎自動啟動，爐子的火已經熄了。

仁谷打開窗戶，讓空氣充分流通後才報警。

3

下了公車後，大里翔子走進公車站牌附近的超商。

手放到入口的門把時，食指微微刺痛。白天割破的傷口有點裂開。今天的主要工作是準備開會資料。要和幾百張影印紙戰鬥，手指當然不可能完好無傷。

而且或許是因為太累，本就有的腰痛比平時更嚴重了。自從警校時代在肌肉訓練室弄傷軟骨後，她就一直飽受腰痛所苦。

去翻翻雜誌吧。就在她這麼想著走向雜誌架時，手機在皮包中響起。翔子急忙走到店外。

「已經到家了嗎？」

是風間公親的聲音。

「沒有。還在回家的路上。」

「有案件。要來嗎？如果累了就在家休息也行。」

「我去。」用肩膀和耳朵夾著手機，從皮包取出記事本。「請告訴我地點好嗎？」

抄下風間說的地址後，她朝大馬路的方向跑回去，攔下計程車。

抵達的地點，是位於住宅區邊角的奶油色雙層樓房。

走進客廳和餐廳一體的房間，鑑識人員已在忙著採集指紋和腳印。

客廳沙發上，坐著一個臉孔瘦長約莫五十幾歲的男人。那似乎就是報案的仁谷。

電話機前倒著一個老女人。遺容安詳。之前風間打電話時也已告訴過她，女人名叫清香。

以眼神向站在仁谷身旁的風間默默行禮後，翔子轉身面對清香的遺體，戴著白手套的雙手合十默禱。

乍看之下仁谷五十歲左右。至於清香，不管怎麼看都比仁谷大了二十歲。但清香據說不是仁谷的母親，是妻子。如果沒有事先得到情報，她八成會誤會，作出失禮的舉動。

就狀況看來清香似乎是在做菜時倒下，死因是什麼呢？乍看之下，清香的身體好像完全沒有外傷……。

「是氣體中毒。」

風間的聲音響起。不知幾時過來的，他已經站在翔子背後。

「您怎麼知道？」

「仔細看看這個房間。」

被這麼一說才發現，明明已入夜，窗子卻全都敞開。過度緊張下，讓她甚至連這點都沒注意到。

「是瓦斯爐的煤氣嗎？」

「不，這一帶的都市瓦斯沒有一氧化碳的成分。應該是別的氣體。」

翔子告訴自己要冷靜，一邊環視客餐廳。格外醒目的，是冰箱門敞著，裡面的食物有些放在外面。

到了詢問仁谷的階段時，翔子回想起風間傳授過打聽情報的重點。首先必須注意的，是自己的表情。笑臉和苦瓜臉。要做出這樣二者各半的表情後，緩緩接近對方。

「不好意思，能請教您幾個問題嗎？」

風間也教過，一開始必須用異常客氣的言辭和態度展開對話，所以她努力照著那樣做。

「可以啊。請坐。」

仁谷指著客廳的沙發。

「尊夫人過世時，您出門在外嗎？」

仁谷據說是設計師。關於設計自己毫無概念。只能省略客套，開門見山地這樣問。

「對。今晚我和客戶在餐廳談公事。」

「是哪家餐廳？對方是誰？」

「在『末永』這家餐廳。對方是赤芝印刷公司的田瀨葵小姐。」

「然後呢？」

察覺自己不知不覺擺出了傾身向前幾乎壓在桌面的姿勢，翔子慌忙直起上半身。不要從下方湊近對方的臉孔。這也是風間傳授的打聽情報的鐵律之一。

「我回到家，聞到廚房有怪味，急忙開窗子。那時，我才發現妻子死了。——請問到底是什麼原因？」

「這個我們現在正要查明。您外出期間，打過電話給清香女士嗎？」

「對。」

「說了什麼？」

「我說『是我。家裡沒事吧？那就好。我掛了』。內人罹患失智症。是片段失智，也有意識清醒的時候，但基本上我還是不放心，所以打電話問問看她的狀況。」

聽著這樣的證詞，翔子暗忖。這個丈夫，看起來似乎有點安心。

4

隔天早上，一去局裡，風間就給她看記載司法解剖結果的驗屍報告。上面在「死亡原因」這一項寫的是「吸入氫氰酸氣體導致呼吸停止」。

「大里，我記得妳大學念的是理科吧？」

「是。」

「氫氰酸是什麼氣體？」

「是毒性極強的氣體。」

雖說是理科，但她念的是地球科學，對化學並不熟悉。不過好歹做過基礎實驗。當時，曾有同學被氫氰酸的水溶液燒傷。所以腦中早已形成「這種氣體很危險」的概念模式。

「原來如此。不過，那間廚房有什麼設備可以產生那種氣體嗎？」

被這麼一問，翔子慌忙瞥向現場照片。她本來還焦急找不到疑點，但是很快就發現問題，指向照片中的一點。那是平底鍋。

「我曾聽說，如果把鐵氟龍加工的平底鍋乾燒，大約十五分鐘後就會產生高濃度的氫氟酸。」

所以如果室內門窗緊閉，會漸漸出現咳嗽、呼吸困難、胸痛等現象。這也是她學過的基本知識。

昨天在現場，印象深刻的一點，就是平底鍋上鋪著鋁箔紙。照片也有拍攝到。清香似乎正在做鋁箔紙烤魚。這表示，她把平底鍋放在瓦斯爐上，一直沒關火，人就待在那裡。從這照片看不出來，但是烤魚在鋁箔紙中已成黑炭。

「是嗎。但我以前就一直覺得不可思議，為什麼鐵氟龍加工過的平底鍋就不會沾鍋？」

風間的問題很囉唆。當然，他肯定知道答案，只是在測試自己到底懂得多少。

「因為有客人先到。」

「怎麼說？」

「氟素原本就會強烈吸引電子。因此沒時間再和其他物質產生反應。」

除此之外她從清香遺體發現的，是指尖沾著鹽巴。看樣子清香死前碰過那個。

電話上也採集到鹽巴的結晶。不過，沾有鹽巴的不是話筒，是成排按鍵的面板。

下午翔子和風間一起去了「末永旬菜和膳」。

「那位客人不時會來本店光顧。昨晚也在七點半左右抵達。」

給餐廳經理看仁谷的大頭照後，經理一再微微頷首如此表示。

這間店只有收銀台上方裝設了監視器。對方也給他們看了監視器影像。畫質相當清晰。可以清楚確認付帳者的臉孔。是仁谷沒錯。和仁谷並肩出現在畫面中的是個看似不到四十歲的女人。這人想必就是赤芝印刷公司的田瀨葵。

離開餐廳後決定去赤芝印刷。

一鑽上車，天氣忽然轉壞。

坐在副駕駛座的風間似乎在低聲咕噥。

——運氣真好。

如果自己沒聽錯，風間剛剛說的，應該是這句話。

是哪一點運氣好？翔子很想問，又怕是聽錯了，最後還是沒吭聲，就這麼發動車子行駛。

他們來到市郊的工業區一角。赤芝印刷公司就在那裡。田瀨葵那邊，他們已經事先聯絡表達想拜訪之意。

走進鋼筋水泥的四層建築。在一樓大廳等候的田瀨，比起剛才看的監視器影像，似乎更高也更瘦。遞來的名片上，頭銜是「ＤＴＰ（Desktop Publishing）營業課課長」。

「請問昨晚您和仁谷先生吃了什麼？」

「全餐。」

「是誰點的？」

「仁谷先生。」

「二位好像每次都是在那間餐廳談公事。」

「對。因為從那裡，可以看見仁谷先生家。」

「每次都是吃全餐嗎？」

「沒有。」

「那麼都是吃什麼？」

「牛排或天婦羅定食那種一次會全部端上來的料理。」

「除了談公事之外，仁谷先生還說了些什麼？」

「沒什麼……」

「他沒提到妻子嗎？」

葵露出被提醒的表情。

「他說，太太好像把平時戴的戒指弄丟了，最近無精打采。」

要走出赤芝印刷公司時，被風間阻止。

「都來了，去喝杯咖啡休息一下吧。」

大廳後方有咖啡座。不只是員工，似乎任何人都能利用。

隔桌和風間面對面讓她很緊張。這位指導官幾乎整天面無表情，所以完全猜不出他的想法。和這種人相處起來特別累。

「田瀨葵有點被嚇到。妳在套話時，如果太積極，反而會失敗喔。」

「……對不起。」

「接下來這十分鐘，妳試著模仿我的舉動。」

風間說完便拿起咖啡喝，於是她也照做。

「不對，慢一拍再做。」

風間的意思似乎是，在模仿時為了避免對方發現要跟在對方後面做。

「不只是喝咖啡的動作，對方身體如果有小動作或者看別處，也要全部慢一拍之後再模仿。」

「知道了。」

「還有，妳再模仿一下我的聲音。說話的速度和音量也要盡量符合。知道嗎？」

「是。」

「妳怎麼看仁谷？」

「我認為他有嫌疑。」

「為什麼？」

「因為他做出異於平時的行為。」

每次都是點定食，偏偏昨天點了特別耗時的全餐。仁谷該不會是在製造「足以讓清香死亡的充分時間」吧？

疑點還有一個。那就是田瀨葵這個女人的存在。今天的她穿著保守平庸的套裝。那應該是她平日的裝扮。可是剛才在「末永」監視器畫面看到的女人，穿著領口開得很低的服裝，戴著搶眼的耳環，妝也化得很濃。

仁谷和葵有一腿……。

「風間主任認為呢？」

「我和妳的意見相同。」

「主任是在哪裡起疑的？」

「妳記得仁谷的供述嗎？他是怎麼描述從『末永』回到家時的狀況？」

「我記得他說『回到家，聞到廚房有怪味，急忙開窗子。那時，才發現妻子死了。』」

「如果聞到怪味，應該先關心妻子的安危才對吧。妳不這麼認為嗎？」

明知失禮，翔子還是忍不住正眼凝視風間的雙眸。這就是資深刑警的眼力嗎？那種敏銳令她打從心底羨慕。

「怎麼了？妳在嫉妒什麼？」

內心想法被徹底看穿，她慌忙移開視線。為了掩飾羞赧灌下的剩餘咖啡格外苦澀。

「那我就老實說。我嫉妒的，是指導官的能力。」

「看來妳好像有事想找我商量。」

「是的。」

「說說看。」

「不能說。」

「什麼？」

「我的意思是，我不知該怎麼說。——之前在仁谷家我也覺得看到了可疑之處，但我就是不知道是哪裡可疑。不過，我唯一能確定的是，從那時起，腦中就一直有種違和感揮之不去。」

風間溫和地笑了，隨即在瞬間板起臉。正因為落差很大，看起來格外猙獰如魔鬼。他用那張臉平靜地宣告，

「那妳就去查出來。——如果不想重回派出所執勤的話。」

翔子處理完公文後踏上歸途。

幸好住處和總局之間有公車可搭，但她本來隸屬于本縣南端的Ｙ分局。

工作三個月的菜鳥刑警如果被叫去分局長辦公室，就會接到去風間道場受訓的命令——這個在本縣刑警圈私下流傳的傳說，她早已透過資料室文件知道，那並非只是傳言而是確有其事，因此站在Ｙ分局二樓最後方那個房間門前時，以及敲那扇門時，

心頭懷抱的覺悟遠比緊張更強烈。

只要結束在風間道場的三個月，便可重回Y分局，在最頂樓的單身宿舍生活。

偏偏在這種節骨眼，父母外出旅行見不到面。

時間正好即將是晚間七點。

翔子臨時起意去廚房，在套裝外面穿上圍裙。

清香死前，據說很懊惱遺失戒指。透過仁谷和葵的證言，已大致明白是在什麼情況下遺失。根據從仁谷那裡聽到的情報試著化身為清香模擬當時的情況，應該不會是浪費時間。幸好，她的住處和仁谷家一樣，是客廳和餐廳一體的格局。

站在瓦斯爐前，她告訴自己，接下來我要烹飪。

牆上的時鐘已指向晚間七點，於是翔子做出摘戒指的動作走近電視。

據說清香平日都是走到電視機前面，用手指去按開關。想必是因為她已經不知如何使用遙控器了。

自己也依樣畫葫蘆用手指按開關後，回到廚房。站在瓦斯爐前時，眼前是廚房流理台看不見電視螢幕。清香大概是不看畫面只聽聲音吧。

根據自己模擬的結果，戒指應該放在圍裙口袋。清香想必也做了同樣的舉動……。

不，不對。記得偵查資料上提到「圍裙口袋是空的」。資料不會說謊。翔子苦惱地抱頭。

5

仁谷打開相簿。

翻了幾頁後，出現一張褪色的十吋照片。照片中有小型建築物。與其說是公司應該用小屋來形容更正確，是臨時組合式平房。入口那扇門上方掛的招牌是「CREATE OAK」。

那是僅有七名員工的小型設計公司。建築物前方的院子，種著公司名稱由來的高大橡樹。在那棵大樹前並肩站著兩個人影。右邊是入社未久的自己。身旁，是已躋身資深員工的清香。這是他第一次與妻子合影。

繼續翻了幾張後，出現蜜月旅行的照片。地點是沖繩。

登上殘波岬燈塔拍的那一張，清香的長髮被強勁的海風吹得水平飛揚。這時的自己臉上看起來也最有光彩。

貼在下一頁的照片，拍攝的是手握網球拍的清香。那是婚後五年左右，員工旅行去某個清幽渡假區時拍的。

──我是左撇子，所以雙打時很有利。

清香笑著用力一再揮拍的身影至今歷歷如在眼前。

又翻了兩三頁後，雖然相簿還剩很多張台紙，卻已經沒有照片了。

一方面固然是因為相機已從膠卷轉為數位式，但最大的原因還是清香的容貌衰退。令他漸漸失去拍照的興致。

略微遲疑後，仁谷選了網球那張照片。回到客廳，把那張照片放進事先準備的木製相框。

對講機響起。螢幕上出現那個菜鳥女刑警。自稱風間氣質詭異的男人也一起來了。

把二人請進客廳。

「這是什麼時候拍的？」

大里立刻盯上照片。

「結婚大約五年後。」

「這裡有一疊報紙呢。」大里指著電話下方。

「那是要丟的舊報紙。」

「報紙都是仁谷先生負責收拾嗎？」

「對呀。」

察覺大里眼中好像有什麼企圖，仁谷臨時撒謊。報紙平時其實都是清香在收拾。

這就怪了……。大里嘀咕，做出沉思的模樣。

「仁谷先生慣用的是右手吧？」

「對。有什麼不對嗎？」

「清香女士過世時，這裡有一疊報紙。當時我看到的，是左撇子的打結方式。」

大里說著望向照片。褪色的照片中，清香用左手握著網球拍。

「對，最近也會讓我內人整理。」

「我就說嘛。」

大里露出白牙。但是眼睛毫無笑意。撒謊也沒用喔。——那種眼神如此默默威嚇他。

也許是自己多心，總覺得這個年輕的女刑警，問話比起剛開始時高明多了。

仁谷迅速瞄了一眼守在一旁的風間這個男人。也許是這個男人指導的。

「對了，我們根據尊夫人常去的超市集點卡紀錄查出，每週三下午，清香女士好像一定會買土魠魚回來。」

「是的。」

「每次都是同樣的烹調方式嗎？」

他判斷裝傻八成也沒用，於是老實回答「沒錯」。

「自從看過府上這房間後，我一直覺得哪裡怪怪的。現在終於找出原因，所以我就直說了。——不好意思，第一次看到這客餐廳時，我的印象是『非常井然有序』。」

「內人本來就愛乾淨。」

「可是，只有冰箱裡很亂。」大里目不轉睛盯著他。「那該不會是仁谷先生故意弄亂的吧？」

猝然轉移視線會更令人懷疑。仁谷回視大里的眼睛。這個刑警究竟想說什麼？他裝出如此訝異的模樣，同時也沒忘記頻頻眨眼。

「我幹麼這麼做？」

「為了製造藉口。讓她忘記正在烹飪。做某件事的途中，如果又被交代做別的事情，就會徹底忘記之前正在做的事。這點對於失智症患者並不稀奇。」

「這種情形最近的確好像很多。」

「我再問一次。那天，仁谷先生和清香女士最後一次通電話時，您對清香女士說了什麼？」

「我上次就說過了，我只說『是我，家裡沒事吧？那就好。我掛了』。」

風間和大里，看來都是不可小覷的對手。不過，不管他們如何精明，都沒什麼好怕的。因為就算他們再怎麼逼問，也沒有任何物證足以證明他殺了人。

6

回到警局的刑警辦公室，翔子在桌前支肘托腮。
剛才和風間一起拜訪仁谷時，外面在下雨。
她想起風間曾經咕噥「運氣真好」。那想必是因為如果在天氣不好時去拜訪，會讓被詢問的對象產生「不好意思」的愧疚感吧。
發現這點當然很開心，可是一想到案子就開心不起來了。
剛才和仁谷對峙，讓她清楚發現。那個男人，打算否認到底。
仁谷肯定是故意殺死清香。也知道他用的是什麼手法。
趁著清香在烤魚時，打電話交代她做某件事。
——是我。家裡沒事吧？那就好。我掛了。
仁谷當時說的不可能是那樣。想必是這樣。
——冰箱裡很亂。妳馬上整理一下。
清香聽到這個吩咐後，忘記自己正在烹飪，開始專心整理冰箱。結果，平底鍋產生有毒氣體，害死了她。

這是利用對方失智的卑鄙犯罪。絕對不能放過。然而……。

完全沒有證據。

仁谷打電話時講了什麼，只有他自己知道。

——我沒有叫她清理冰箱。冰箱裡的東西被拿出來是內人自作主張。

如果仁谷這麼堅稱，她還真沒轍。毫無反駁的餘地。死人不會說話，仁谷想怎麼狡辯都行。

慢一拍模仿對方的動作。連說話速度和音量也要盡量模仿。那是詢問時引誘對方供述的竅門。風間在赤芝印刷公司的咖啡座曾經這樣教過她。好像是被稱為「鏡子話術」的技巧。

可是，就算玩弄那種小把戲的技巧，恐怕也不可能從那男人口中引出真相吧……。

就在這時，眼前放下一個茶杯。端茶過來的事務員伊上幸葉，不知怎的沒有立刻走開，一直站在旁邊繼續盯著她。

「小幸，妳有事？」

「大里小姐是左腦人耶。」

「啥？」

「剛才，妳是這樣的。」

幸葉把頭向右歪。

按照她的說法，人的大腦在運作時會向另一邊歪。向左歪的人就是用右腦，向右歪的人就是用左腦。

「如妳所知，右腦型的人重感情，左腦型重理論。附帶一提，永遠面向正前方的人好像是左右腦並用喔。」

說著，幸葉朝風間那邊掃了一眼。

「伊上說的沒錯。」風間說。「大里，妳只看到理論。幹刑警這一行，最重要的就是也得重視人的感情。」

「您說的是沒錯，可是如果不找出證據拿理論逼問，不可能逮捕犯人。」

「證據當然有。」

「在哪裡？」

「如果連這個都不知道，那我看妳還是只能從派出所勤務重來了。」

翔子感到自己的身體不由自主僵硬。從派出所勤務重來。在自己之前接受過風間指導的Ｆ分局的早坂菫告訴過她，這句台詞絕非只是嚇唬人。

風間的意思當然不是說派出所勤務就比刑警低一等。在警校曾學過，派出所就是「迷你警局」。是能夠體驗到所有警察工作的場所。所以如果換個角度，也堪稱最重要的單位。風間既然建議她在那裡從基礎開始重新學習，如果謙虛一點，也可以視為非常寶貴的建言。問題是——。

風間已經是本縣警察圈的傳奇性人物。他給的評價一轉眼就會傳遍警界上下。一旦被貼上「這傢伙是不中用的廢物」這種標籤，今後就再也沒指望升級。

「您的意思是……證據，在仁谷的心中嗎？」這是她痛苦絞盡腦汁才擠出的答案。

「那個男人的感情就是證據……嗎？」

風間略為展顏。「看來妳好像稍微明白了。」

「不，其實我還是不大明白。——難不成，我只要對著仁谷鞠躬懇求『請你自白吧』就行了？」翔子從椅子站起來。「再不然，還是我該用眼淚攻勢強調『這樣會讓我失去刑警的工作』來打動他？」

「沒錯。眼淚攻勢。在這個狀況下，也只剩這一招了吧。」

太扯了。風間是認真的嗎？翔子忍不住仔細打量風間的臉。

「冷靜點。自白暴露的祕密將會是重要證據。別忘了這點。——仁谷清香每週三晚間七點整一定會做鋁箔紙烤土魠魚。她為什麼會養成那種習慣？」

被這麼一說的確令人好奇。

之前她一直含糊地用「因為失智」這個理由簡單帶過。可是清香的症狀是所謂「片段性」的，並非二十四小時都處於「恍惚」的狀態。也有精神正常的時候。

仔細想想，這種一成不變的習慣，反而是精神健全者比失智症患者更常有吧……。

7

快中午才鑽出被窩，直到昨天還在下的雨已經徹底停了。

仁谷感到饑餓，走進廚房。清香過世以來，他變得經常外食，但今天忽然起意想自己下廚。

打開冰箱，把量杯插進米桶中。取出笹錦米用電鍋的內鍋開始清洗時，指尖突然碰到堅硬物體。

拿起來一看，是銀戒。

把煮好的飯裝到碗裡，和事先買回來的熟食小菜一起放在客廳桌上，沒放在餐桌。

一邊動筷，一邊思考目前接的工作。這次要設計的是社會教育推廣中心的宣傳簡介。客戶的要求，他到現在還沒搞懂是什麼用意，總之對方表示希望封面用南國風情的明豔色彩。

他想，如果能重現蜜月旅行時看到的沖繩風景就好了。那片海的色彩很美。

記憶色彩時是根據三要素捕捉。只要分成「色相」、「明度」、「彩度」來記憶即可。例如「這種青色的色相是四，明度是五，彩度是十二」。

色相和明度的數字化，必須多看色彩加以訓練，不過實際做起來並不難。只要學會這個，任誰都能輕易重現色彩。當初這麼教他的還是清香……。

追憶的片刻時光，被對講機的鈴聲打斷。

螢幕上出現兩名刑警的身影。是昨天也來過的人。

正好剛吃完飯。仁谷收拾碗盤後，把風間和大里帶進客廳。

「對了，找到了。」他立刻舉起銀戒給兩名刑警看。「是在米桶裡找到的。我這才想起，記得有一次，我曾抱怨米有怪味。所以她才會這樣做吧。」

的確，銀離子和十圓銅板的銅離子一樣，也有防霉除臭的效果。

「那真是太好了。」

隔桌坐在對面的大里，雖然嘴角浮現微笑，但她立刻收起笑意。

「我就開門見山直說了。仁谷先生，我們認為，是你故意殺害妻子。你吩咐清香女士做別的事，讓她忘記正在烹飪。是這樣吧？」

「唉，我想都想像不到。」仁谷唉聲嘆氣。「雖然早就聽說刑警這一行是靠著懷疑別人混飯吃，但我沒想到自己居然會成為被懷疑的目的。」

「如果你還有一點愧疚，就請你老實招認吧。」

「那我也開門見山直說吧。我沒有任何好愧疚的。」

他早已決定否認到底。否則就失去自己讓清香死掉的意義了。

「仁谷先生。你可曾想過，清香女士為何每週三晚間七點，一定要做鋁箔紙烤土魠魚？」

這句話令他很意外。

「那是失智症患者的行為，哪有什麼理由。」

「清香女士並沒有其他的習慣。——除了每週三晚上七點的料理。既然如此，認為她有什麼特殊理由不是更自然嗎？」

仁谷把手伸向桌上的相框。「不然妳說是什麼理由？」

「我認為，是為了想起。」

「……想起什麼？」

「戒指的放置地點。」

正要抓住相框的手指自動停住了。

「那是在兩位的生活還沒有那麼富裕時，你勒緊褲帶買的戒指。對你來說就算不重要，對清香女士卻是無價之寶。所以，無論如何她都想找到。」

也許是失去血色，不知幾時自己的手指已經發白。

「於是她三不五時就正確重演遺失時的狀況。她希望只要這樣做，就能讓她想起戒指放在哪裡。——你卻利用那個習慣殺害了她。」

仁谷用顫抖的手指抓住相框，拿到自己的面前。

褪色的相片紙中，握著網球拍的清香笑得開懷。

接到風間的眼神示意，大里起身。走到電話機前，然後朝他轉身。

「能否請你過來？」

把照片放回桌上，仁谷聽從大里的話走過去。

「有件事我一直覺得很不可思議。那就是清香女士的臉。表情不對。」

「……什麼意思？」

「清香女士是一臉安心地死去。儘管她吸入有毒氣體當時很痛苦。」

仁谷感到自己的臉色發白。

「這個矛盾該怎麼解釋呢？」

「……我不知道。」

「尊夫人是倒在這裡吧。」大里指著電話機前。「不是瓦斯爐前而是電話前，你認為是為什麼？」

「大概是想向消防隊求救吧。」

「不對。」

「不然呢？」

「那時清香女士的手上沾著鹽巴。這你知道吧？」

「對。我有收到報告。但那應該不奇怪吧。畢竟她正在做菜。」

「你說的沒錯。不自然的不是手指上有鹽巴，是話筒沒有沾到鹽巴。」

仁谷直視大里的臉。

「沾到鹽巴的，是這邊。」

大里指著成排按鍵的地方。

「這是什麼意思？不拿起話筒的話就算按下數字也沒用吧。」

「沒錯。換句話說清香女士按下的，不是數字鍵，是別的按鍵。是這個。」

大里的手指離開撥號鍵，指向的，是紅色按鍵。

「清香女士長按這個，刪除了晚間七點二十分接到的電話錄音內容。你明白這代表什麼意思嗎？」

視野猛然晃動。是因為雙腿頹軟無力。

「她這麼做，是為了不讓你被問罪。我想，是因為做到了這點，清香女士才安心死去。她大概想償還這段時間給你造成的麻煩吧。更重要的是，她應該是想保護你。就和二十年前結婚時一樣。」

仁谷將十指插入頭髮。

之後他再也站不住，當場跪倒。冒出無聲的嗚咽後，他彎身將額頭貼在地上。

那正好是妻子倒臥之處。

第十八話

有毒的屍體

1

椎桓久仁臣一走出會議室就看手錶。——下午三點五十五分。

接著把開會用過的厚厚資料夾在腋下，空出的一隻手伸進西裝外套懷中。翻開取出的記事本，確認「司法解剖／下午四點起」這行字。

這樣慢吞吞走路會遲到，但椎桓並未在走廊奔跑。

儘管同樣是醫生，但法醫和外科或內科不同，可以慢慢來。因為對象早已死亡，不用擔心為時已晚。說到比別科醫生更有優越感的瞬間，頂多只有這種時候。

椎桓刻意放慢速度繼續走，回到掛有「一〇五七」這個門牌的研究室。

朝自己的桌子一看，中央放著一張便條紙。

「我先去tengoku了。」

筆觸用力，筆畫末端拉得特別長。助教宇部祥宏的字跡還是這麼有特色。

把開會用過的資料往那張便條紙上重重一放，椎桓走出研究室，前往隔壁的一〇五八——解剖準備室。再隔壁是解剖室。解剖室足足有三十坪，因為是特別建造的房間，所以門上沒有掛門牌。

在準備室脫下西裝，換上綠色解剖衣。拖鞋換成橡膠長靴，戴上手套，套上帽子。護目鏡也架在額頭，以便隨時戴上。

通往解剖室的不鏽鋼門，位於準備室的北側。踩下右下方的踏板，巨大的自動門就發出刺耳的滑動聲開始移動。

全身頓時被異味包圍，呼吸自然放輕。或許可用「死魚爛蝦澆上漂白水的味道」來形容？不管怎麼做都永遠無法習慣這手上的惡臭。解剖室專用的除臭式空調系統二十四小時運轉，可是污臭的微粒子還是沾附在房間每個角落，日積月累越來越多。

宇部正在室內將解剖器具一一排放在解剖用的邊桌。

另外還有兩個穿綠衣的男人站著。兩人都是來自縣北某個小分局的刑警。年長的他認識，年輕的是生面孔。

他對在場的刑警們微微點頭致意後說：「讓你久等了。」

他輕拍宇部的肩膀。

解剖台上，放著剛才送來的遺體。和宇部一起一鞠躬後，測量身高和直腸溫度，著手檢查外表。

遺體是六十五歲的男性。記得警方送來的報告上應該是寫著「氰化氫服毒自殺」。原因好像是工廠經營失敗負債累累。

椎桓打開錄音筆，亮起無影燈。

「好久沒做，手都癢了。」

他小聲對神情緊張的刑警們如此說，不過今天他其實只想趕快回家倒頭大睡。考察國外的司法解剖現況是一項重要工作，但是在歐洲待兩週真的太久。昨天才剛回國，他希望至少今天能休息一天。之所以從一早就覺得眼前霧濛濛的，鐵定是因為時差沒調過來。

他輕輕甩頭後，切換成只有錄音筆能錄到的音量。

「那麼現在開始解剖。開始時間是九月五日，下午四點十五分。請多指教。」

「醫生，請等一下。」年長的刑警環視室內一圈。「其他的工作人員到哪去了？」

「其他的？已經全員到齊了。」

「就只有您和助手兩人嗎？」

「宇部不是助手是助教。」

他鄭重訂正對方的語誤後，刑警聳聳肩低頭致歉。

的確，在這間國立T大的法醫學教室，通常做司法解剖時，除了身為教授的自己和助教宇部，按照慣例應該還要有兩名技術輔助員和一名研究生參與協助。

「當然，如果沒有研習會或考試，本來是會叫技輔員和研究生過來幫忙。」

對這位刑警而言，似乎第一次碰上人數這麼少的解剖。

「放心，毫無問題。他——」椎桓說著再次拍宇部肩膀。「可是相當優秀。一人就能包辦三、四人的工作。」

椎桓檢查遺體時，宇部就在一旁用相機拍攝。這時，某人的手機發出低沉的收訊鈴聲。

「抱歉。」

年長的刑警簡短致歉後，用手按著懷裡走出解剖室。八成是有什麼新案件發生。

用手術刀切開身體後，拿起剪骨刀。用那個切斷胸骨時，他朝獨自留下的年輕刑警那邊一瞄，果然，刑警已經臉色發白。也許是反胃作嘔讓他打嗝，只見他的喉結忙碌地上下聳動很有趣。

「刑警先生，用不著逞強喔。」一邊使用剪骨刀，椎桓向解剖室的西側努動下顎。「廁所在那個方向。」

年輕刑警說聲不好意思行個禮，保持低頭的姿勢也出去了。
目送他出去後，椎桓停止拆胸骨，招手示意宇部過來他這邊。
「你來試試。」他把剪骨刀交給宇部。
「可以嗎？」
「嗯，沒關係。反正又沒人看到。況且，我也有栽培後進的義務。——你現在多大了？」
「年齡嗎？三十一。」
聽到回答後，椎桓這才想起宇部比自己小了二十歲。
「在你這個年紀，我都已經出師了。所以更得讓你盡快累積經驗才行。」
解剖台是可上下移動約二十公分的電動升降式。他配合宇部身高稍微升起台子。
縣內發現的非正常死亡遺體，一律由自己負責司法解剖。和法醫多達五人的鄰縣有天壤之別。不過，令人難以置信的是，實際上還有些縣市連一個解剖醫生都沒有，所以本縣或許算是比上不足比下有餘了。
「對你而言，這是值得紀念的司法解剖第一刀。我來幫你記錄。」
按下快門，不鏽鋼解剖台刺眼地反射閃光燈。據說若是預算充裕的解剖室，也會使用大理石桌面。和這裡有雲泥之別。

「您今天好像心情不錯，教授。」

「還好啦。」

剛才的會議上，已決定由他擔任下一屆醫學系主任。

排除生理學、病理學、病態醫學、器官醫學等主要課程，從社會醫學選出系主任，在這所T大是罕見的特例。法醫學通常被人看得比其他醫學領域低一等，因此此舉堪稱大快人心。他身為所謂的明星教授不時會在媒體露面，難免受到同僚嫉妒，所以他本以為在組織體系內無望出頭。這或許是理事會企圖提升大學知名度的意向強烈主導下的結果？不管怎樣，他只期望趁此機會能讓有志從事法醫的後進多一點。

椎桓拿穩相機，宇部在口罩下開始深呼吸。

「宇部。你不打算搬家嗎？」

為了緩解他的緊張，椎桓開始閒話家常。單身的宇部在山區的獨棟房子獨居。想從事法醫學的人多半是怪胎。

「現在的地方就很好。」

宇部用剪骨刀取下胸骨和肋骨。動作談不上靈巧，因此有點耽誤時間，但是眼中閃耀光芒。只要再多幾次經驗，應該能成為很好的解剖醫生。

「不過，離這裡太遠，上下班很麻煩吧？」

「可是正好能配合我的興趣。」

據說每到假日，宇部從早到晚都在觀察野鳥。

「接下來，檢查胃部內容物。」

拿刀切開胃部不久，宇部的手停了。

「怎麼了？」

宇部沒回答，當場癱倒。

椎桓放下相機，匆忙跑過去。這時，他聞到強烈的桃子香氣。是氰酸氣體的味道。

椎桓慌忙離開遺體和宇部，不由雙手抱頭。

他居然犯下這種低級錯誤。遺體的胃部還有氰酸氣體。這種情況下必須戴上防毒面具再開始解剖，他卻大意忘了這回事就讓宇部執刀。

吸入遺體胃部噴出的氣體後，宇部的嘴唇早已發紫。有那麼一會，他以跪坐的姿勢勉強讓上半身保持挺直。可是不久，他就半翻白眼，重重倒在地板上。

2

嘎，嘎，嘎——。

從自家轎車的駕駛座下車後首先聽到的，是黑暗中的鳥叫聲。

發出這種暗啞叫聲是什麼鳥來著？身為賞鳥發燒友的宇部曾經告訴他鳥名，可他早就忘了。

不過話說回來這裡真的很偏僻。全村只有七戶。而且距離最近的鄰居也有五十公尺遠。這是市郊，也是縣郊。從宇部家走上坡道，不到一公里就進入鄰縣範圍。

他按門鈴。雖然沒有事先通知就上門，但是在玄關露面的宇部，表情看起來並無困擾。

「剛才叫的那種鳥，叫做什麼來著？」

他在脫鞋口邊脫鞋邊問道，宇部甚至不用豎耳傾聽就不假思索回答，

「是佛法僧（山鶻哥）。」

「如果是那種鳥，不是應該按照字面所示發出『佛法僧』（Buppousou）的叫聲

嗎？」

「不，那樣叫的是木葉梟。」

宇部解釋說，佛法僧和木葉梟的居住環境相同，都是在夜晚啼叫。因此自古以來難以分辨二者，才會產生那種混淆。

「我記得你大學時代一直在關西吧？」

「對。」

「那你最好小心。那邊不是流傳一個說法，『只要鳥在夜裡叫就有小偷登門』。」

「兵庫縣那邊好像是有這種說法。我聽說關東也有類似的迷信流傳。應該是茨城縣一帶吧。」

他被帶進起居室。在沙發坐下後，椎桓從帶來的手提袋取出宇部喜歡的洋酒，放在桌上。

「身體怎麼樣？」

一週前在解剖室發生的意外，迄今仍鉅細靡遺地烙印腦海。當時他立刻給倒下的宇部急救，把他送到別的房間休息。之後也讓他請假不用去大學。

「還是一樣很難受。慢性疲勞頭痛、目眩、金屬味、搔癢性出疹、不安感。這些症狀二十四小時都在折磨我。」

宇部用不滿的口吻列舉出的這些名詞，全部是氰酸氣體中毒的症狀。

「我很遺憾。都是因為我的疏忽。其實當時，我因為時差還沒調過來有點恍神。」

精神欠缺專注的原因，想必還有一個，是被內定為下一任系主任令他興奮過度，但是關於這點他按下不提。

「我要再次道歉。真的很對不起你。」

「我知道了。」宇部從餐具櫃取出兩個杯子，放到酒瓶旁。「您也要喝吧？」

「也好。待會找代駕送我回去吧。——那就喝一杯。」

「對了，您今天來有什麼事？」

「沒特別的事。只是來探望你。」

「這樣啊。不過，您來得正好。其實我也有話要對您說。」

「什麼話？」

「我遵照您的命令，關於上次的意外，還沒告訴任何人。不過，我認為還是有必要向大學報告。我打算明天就這麼做。將一切誠實公開。」

「……好吧。這件意外一旦公開，我八成當不了系主任，法醫學教室恐怕也暫時不可能有風光的時候了，不過這也沒法子。」

「很高興您能夠諒解。——還有，我要離開大學。我已經喪失走這條路的意志了。」

「噢？那是你的自由，不過今後你打算做什麼？」

「還不知道。不過，如果真的沒事幹，還可以回去繼承家業。」

宇部年邁的雙親，好像經營一家小雜貨店。

「那樣或許也好。就算走法醫這條路，也沒什麼好事。」

這話一半是真心的。出公差的話當然有機會出國，全家出遊卻是遙不可及的夢想。他有妻子和兩個女兒。這幾年卻壓根不記得曾經好好陪伴過她們。只要有案件發生，警方有需要，他就得立刻回去。也曾勉強全家出遊過幾次，可是他總是一直在意手機，反而搞得更累。

「當時有刑警在場，而且是兩個人。他們發現我突然消失沒有覺得奇怪嗎？」

「那倒沒有。我向他們解釋說你好像突然肚子痛。我說是你前一晚吃的牡蠣有問題。結果他們就立刻相信了。——話說回來，這也許是我們最後一次見面了。」

椎桓拿起酒瓶，在兩個杯子倒酒。將一個杯子推到宇部面前。

「那就用乾杯替你餞行吧。」

宇部舉杯喝下。椎桓也把嘴唇貼在杯緣。

宇部不久就臉色倏然發白。把杯子放回桌上後，保持那個姿勢瞪大雙眼。他現在，想必感到後腦遭人拿木棍用力毆打的衝擊。

他似乎開始眼花，瞪著眼眨了兩次，緩緩從沙發站起來。就像混水中的魚，徒然將嘴巴開開合合。從那樣子明顯可以看出，他已無法正常呼吸。

椎桓也把手中的杯子放到桌上。

他小心翼翼倒回瓶中不讓酒灑出一滴。並且決定把空酒杯帶走。順便，為了不讓人發覺少了一個杯子，也得隨手把餐具櫃裡的東西弄亂——。

還要擦去自己沾在杯上的指紋……他在腦中逐一確認接下來該做的事情，一邊盯著宇部。

「我真的真的很同情你。鳥叫的夜晚上門的不是小偷，是我這種殺人凶手。」

宇部朝他伸出手。椎桓往旁一移，輕易避開那隻手後，宇部的上半身大幅晃動。配合身體的前傾，雙腳也努力向前挪。宇部就這樣掙扎到起居室門口，繼而腳步踉蹌地走到外面。

椎桓還以為他會死在起居室，這下子不免有點焦急。該把他帶回室內比較好嗎？可是，如果扭成一團留下那種痕跡可不妙。他不想碰觸宇部的身體。衣服亂掉也會很麻煩。

椎桓躡足追上已經半是死人的徒弟。

宇部正從玄關走到門外。門前是坡度很大的山路。向左走是上坡。向右是下坡。

他向左邁步。搖搖晃晃走上坡道。大概走了二、三十公尺之後才倏然趴倒。

老舊的木頭電線桿上，有一盞沾滿蟲屍的日光燈。照亮宇部背部的燈光雖微弱，但椎桓根據職業經驗至少可以確定一點，宇部已經死了。

3

指尖被討厭的汗水弄濕。就到此打住吧。她不知有多少次這麼想，可右手還是自行繼續翻頁。

把厚厚的簿子全部看完，平優羽子終於放鬆肩膀。除了自己別無他人的警局資料室內，只有她的吐氣聲靜靜響徹四周。

從這個月起，她在總局開始跟著指導官風間公親學習。之所以這樣起意調查他過去締造的業績，是因為她很好奇對方究竟是多麼值得信賴的上司。

殺人、搶劫、強姦、縱火……。風間破過的案子堆積如山。真虧他能夠逮到這麼多的重犯。

其中尤其令她毛骨悚然的是十崎這個男人。光看大頭照就起雞皮疙瘩。十崎的目光黏稠。這種人通常特別固執。事實上，自己現在也正受到前男友井伏的跟蹤騷擾，所以很清楚。

根據紀錄，十崎在二十歲時，刺傷當時女友的脖子，造成對方死亡。用的凶器是錐子，這點充分顯露此人的異常。而且那不是普通的錐子。是他為了便於隨身攜帶，自行將金屬部分截短打磨的自製凶器。

優羽子闔起資料嘆口氣。接下來，自己必須和這種人打交道。萬一遭到對方記恨——這麼一想就不禁發抖。

好不容易獲得提拔成為風間道場的門生，但她已經想退出道場重回D分局，單位乾脆也從刑事課調回地域課算了。歸根究底到底為什麼會被選中？她以為如果沒有任何當刑警的賣點就不可能被叫來道場，自己究竟有什麼特質連自己始終都一頭霧水。

由於只顧著苦惱，她沒有立刻察覺手機響起。

「妳現在在哪？」

是風間的聲音。光聽語氣就猜到來電目的。一定又在哪發現非正常死亡屍體了。

「在資料室。」

成為刑警才三個月。過度緊張下，回答的聲音不禁變得結巴僵硬。

「前幾天，聽說妳的曾祖母過世了。」

前往現場的車上，風間在副駕駛座直視前方對她發話。

「是的。」按照衛星導航系統的指示，優羽子把方向盤向左切。「正好在八十歲生日當天過世。」

「請喪假吧，不用顧忌。」

「謝謝指導官。我當然會這麼做，不過喪禮的日子還早。」

由於高齡人口增加，據說目前火葬場不足。縣內的每家殯葬會場現在連友引[4]的日子都營業，卻還是無法立刻排到位子。

現場已經拉起黃色封鎖線。周圍早早就聚集了本地電視台的記者。這是個小村落，看熱鬧的民眾並不多。

忽然感到強烈的視線，優羽子朝電視記者那邊轉頭。井伏該不會也跟到這裡吧？她有點擔心，可是並未發現他的人影。

她迅速掃視停放成排媒體記者車輛的那一帶。她在尋找胭脂色的ＳＵＶ運動休旅車。然而，井伏的車子不在那裡。

死在山坡路上的是宇部祥宏。據說是Ｔ大法醫學教室的助教。

4　友引，傳統曆法的六曜之一，是日本人婚喪喜慶的重要參考，通常會避免在這天舉行喪禮。

發現者是須田靜江這個年長的女人。她是住在宇部隔壁的家庭主婦。說是隔壁，但是須田家距離宇部家好像還得沿著山坡路往下走五十公尺。

「宇部先生最近身體欠佳，好像一直請假沒上班。」

須田如此做出證言時，從縣警局趕來的驗屍官，一看宇部的遺體，就立刻鎖定死因。「是氰酸。」

「問題在於，這是他殺還是自殺。——平。」

風間冷然把臉轉過來。她被那視線射穿。

「妳認為是哪一種？」

據說動物害怕人類的眼睛。猛獸和人類正面對峙時，不大會主動攻擊。他們會等人類轉身，雙眼從動物的視野中消失時才猛然露出獠牙。

過去風間靠著這眼力，不知將多少凶惡罪犯送進監獄。迄今肯定仍有很多人害怕，也憎恨這雙眼睛。

「我還不知道。」

她走進宇部家。這是老舊的平房住宅，不過大概是因為用了好木材，柱子和橫梁似乎還沒歪。她本來以為是租的房子，但是據須田表示，房子和土地好像都是宇部從已故的祖父那裡繼承而來。

一檢查起居室，桌上放著一張便條紙。

「我先去 tengoku 了。」

上面這麼寫著。好像是遺書。紙有點皺。

「這是被害者的字跡嗎？」

一問須田，她點點頭。她好像還記得宇部之前在鄰里傳閱板上簽名的字跡。因為他的筆觸用力，筆畫末端拉得特別長。她說那個特徵很明顯，所以絕不會錯。

「看來好像是自殺吧。」

對於優羽子這句話，風間沒有點頭。

「說說看妳看了這張遺書有何發現。」

「『天國』（tengoku）是用假名拼音寫的。」

「為什麼？」

「筆畫少。」

她刻意簡短回答。比她早一屆入門的Y分局大里翔子告訴她，對話時配合對方的語氣是套出情報的訣竅。風間說話向來簡潔。

「我認為是因為他懶得寫漢字。」

「『先』幾畫？」

她立刻用右手的食指在左手掌心寫出那個字。「六畫。」

「『去』呢？」

被這麼一問才總算發現，和『先』和『去』比起來，『天』的漢字筆畫更少，優羽子低下頭。

「還注意到什麼嗎？」

優羽子望向桌上，開口說，「這張紙……」

就算想繼續說，腦中也一片空白。之所以不假思索就脫口說出當下想到的答案，是因為她一心只想著，千萬不要被風間拋來「如果答不出來就回派出所」這句話。為什麼呢？明明直到剛才還在考慮乾脆回派出所執勤算了。

「……不是信紙，是便條紙。」

這或許就是所謂的窮則變，變則通。情急之下閃現接下來該說的話，由於暗鬆了一口氣，語氣自然變強了。

「要自殺的人用這種紙，似乎不夠莊重。」

她如此解釋，得到風間一句「判斷得不壞」後，優羽子和風間一起出門又回到遺體身旁。

「看來是在起居室服毒後，走到這裡才斷氣。」

「應該是吧。」

優羽子詢問還留在現場的須田：

「這條山坡路一直走上去會通到哪裡？」

「再走一段路後，路旁就是斷崖，下面有溪流流向鄰縣。道路也一直通到鄰縣那邊。」

她把這句話記在記事本上，一邊問風間：

「宇部先生為什麼要走到屋外呢？」

「別問我。妳自己先好好想一想，設法找出答案。」

4

走向解剖室的腳步，並不沉重。

椎桓推開準備室的門。身為司法解剖的見證人，今天警局又有兩個探員過來。不過，今天是隸屬於總局的刑警。一個是才四十幾歲卻已白頭的男人，另一個是看起來二十幾歲綁著馬尾的女人。

若是白髮男風間，他從以前就很熟，年輕女人倒是第一次見到。

二人微微行禮致意後，自稱平優羽子的年輕女刑警把警證舉到臉前。

那我現在說明案件概況——通常應該這樣切入正題，此刻她卻欲言又止。也難怪。今天的遺體，是眼前這位解剖醫師的徒弟。就算她有點苦惱該如何說出開場白，又有誰能怪她。

「過世的宇部祥宏先生，據說是椎桓醫生的學生。真是令人遺憾——那我現在就說明案件概要。」

平優羽子的話，被椎桓微微抬手打斷。

昨晚被洋酒中的氰化氫殺死的宇部遺體，在今天正午過後送來這裡。警方連同遺體一起送來的鑑定囑託書，他早已看過。該查明的囑託事項也已全部記在腦中。

椎桓用打斷平的那隻手，指向房間一角。

「請換上衣服。」

那裡吊掛著一排拋棄式解剖衣。

「解剖室是危險場所。一不小心就會被手術刀割傷自己的手，等於暴露在感染的危險中。」

椎桓先戴上一隻橡膠手套，接著又給那隻手再套上一隻。

「就算這樣也不能安心。」

他說著又套上棉質手套給她看，平為之動容。

「你們不拿手術刀，不需要這麼小心，但還是請你們絕對不要碰到遺體的體液。」

他朝二人輪流拋去護目鏡。

「還有，也請戴上這個。」

把防毒口罩交給他們後，平瞪大雙眼。

「真是戒備森嚴啊。」

「對於服毒自殺的案子，這是理所當然的措施。難保體內不會噴出有毒氣體。」

椎桓把腳放到踏板，開啟通往解剖室的那扇門。

「這裡的地板不是磁磚，是防滑加工的特殊樹脂，屬於不會讓液體擴散的乾式地板。因為肝炎或結核病人也會送來這裡，所以才這樣防範感染。」

為了似乎是初次旁觀解剖的平，他先這樣做出說明。

看著肅穆點頭的她，驀然間，他很想一把扯下她臉上的防毒口罩。他很想見識一下，如果直接聞到瀰漫室內直衝肺腑的那種腐臭，這張漂亮的臉蛋會怎樣扭曲。

解剖台上，宇部的屍體以全裸的狀態橫陳。頭部下方磚頭大的枕頭是木製的，一面挖空成半圓形。後腦正好嵌入這個凹陷，讓失去肌力的脖頸以上部分不會左右搖晃。

「那就先拍攝照片吧？」

「我來拍。」

今天的解剖，一如往常有技術輔助員和研究生參與協助。不過平大概是敏感察覺這樣還是人手不足，迅速上前一步自告奮勇。這個菜鳥倒是滿機靈的。

「那就麻煩妳。幸好有妳幫忙。那麼，請妳使用那個好嗎？」

椎桓指著放在解剖台腳下的梯子。

「要站在這上面拍嗎？」

「對。請站上去兩三級。否則拍不到全身。」

平踩上梯子。這時風間繞到解剖台的上端移動木枕，讓宇部的頭部稍微抬起。不愧是老刑警，很了解狀況。這樣把臉稍微抬起對準鏡頭，拍出的照片遠比平躺狀態時更接近生前的模樣。

等平拍完後，這才對著宇部的遺體雙手合十，開始司法解剖。

首先測定身高，測量直腸溫度。

接著檢查外表。這是從外側檢查遺體。想當然耳，宇部的皮膚上，出現氰酸中毒特徵之一的鮮紅色屍斑。

「平小姐。妳聽過『外二內三』這個說法嗎？」

椎桓在腦中從平的臉上取下口罩和護目鏡。這個菜鳥刑警，在他見過的女警中堪稱容貌特別出色。比高鼻梁和長睫毛更吸睛的特徵，是她的臉孔左右幾乎完美對稱。是所謂的 symmetry。根據長年來觀察人體的經驗，他很清楚這是決定容貌美醜最重要的因素。

「沒有。」

「『外』，指的就是這樣檢查遺體外表。」

椎桓在宇部的胸部和腹部塗上消毒藥水後拿起手術刀。

「至於『內』也如字面所示——」

從胸部到腹部，沿著中線就像拉下拉鍊那樣一口氣切開。

「就是檢查身體內部。換句話說『外二內三』的意思是，在解剖非正常死亡的遺體時，通常外表要花兩小時，體內三小時，加起來總計五小時。」

「五個小時啊。這份工作需要相當的體力呢。」

「對。如果是車禍，通常更要花上將近兩倍的時間。因為遺體的傷口會更多。必須逐一詳細檢查那些傷口。不過，這次這種服毒自殺的情況，我想應該會早點結束。——那我現在就檢查內臟。如果有任何問題，請不要客氣，隨時可以指出。」

從切開的腹部出現黝黑的內臟。臭水溝般的異味瀰漫中，椎桓用眼角餘光繼續窺視平。隔著護目鏡和口罩也能清楚看穿，她正在拼命忍耐繃住表情。

「腐敗氣體有很多種。一般最常見的是硫醇，味道強烈。」他說完指著解剖室西側。「順便說一聲，廁所在那邊。」

平在護目鏡下用力閉了一下眼。「我還……沒問題。」

「千萬不要勉強喔——還有，平小姐，如果妳不想讓家人對著妳捏鼻子，至少把帽子壓低一點。因為頭髮無論如何都會沾到臭味。光洗一次頭是清除不掉的。」

平慌忙扯低帽子兩側。

「和腐爛的屍體比起來，這種程度的臭味還算好。——不過，就是因為這樣，我們這一行對醫學生毫無吸引力。」

椎桓一邊對平說話，一邊取下宇部的胸骨後，可以看出黏膜和內臟都因為八天前的意外受到損傷。

椎桓拿起生檢鉗子。對於內臟，必須採集組織當作檢查用的樣本。當然，出現雙重損傷的部分，會暴露自己上次的失誤，絕對不能保存下來。他當然慎重排除在採集的部位之外。

採集完組織樣本，把內臟放回體內，也細心縫合完畢。雙肩頓時重重垮下，不過這種疲憊感不算太討厭。遺體應該明後天就會火化。接下來只要等到那一刻即可。

椎桓一邊收拾器具，一邊對著圍繞解剖台的刑警和助手微微頷首說聲「辛苦了」。

如果是眼尖的法醫來解剖這具遺體，想必早已識破死者曾二度氰酸中毒，但是區區刑警不可能看得出來。技術輔助員和研究生也一樣。身為指導教授的自己最了解，經驗淺薄的他們尚無那樣的眼力足以識破。

椎桓在解剖室角落的小佛壇上香。他整天忙得團團轉。通常合掌膜拜的時間頂多只有兩三秒。但這次他卻用了雙倍的時間，然後才轉身面對背後的風間二人。

「我的結論是，沒看到疑似他殺的跡象。——所以，警方的看法如何？」

他假裝只是隨口問起，不動聲色地刺探，這次是風間開口。

「目前為止，我們也認為是自殺。因為發現了遺書。」

「原來如此。也不知他到底有什麼煩惱……。他跟在我手下已經有七、八年了，但是關係沒有熟到可以介入私生活，所以我也不是很了解他。」

「我先去tengoku了」——宇部留下的這幾個字救了他。同時他也很慶幸在那之前去開過會。如果當時雙手沒有抱著厚厚的開會資料，想必早就把礙事的便條紙揉成一團扔進垃圾桶了。

「打擾了。感謝您讓我們參觀解剖。」

「不客氣，辛苦了。」

臨要走出房間時，風間忽然轉身。「可以請教一個問題嗎？」

「儘管說。」

「是關於這個樓層的房間排列。」

「……有什麼不對嗎？」

「您的研究室掛著一〇五七的門牌。」

「對呀。」

醫學院大樓的教室編號，開頭必然是一〇。如果是一〇五七，表示是這棟大樓五樓的第七個房間。

「隔壁的解剖準備室掛的門牌是一〇五八。」

「對。」

「如此說來，雖然沒有門牌號碼，但這間解剖室應該是一〇五九號房吧？」

椎桓收拾器具的手倏然停止，口罩底下的呼吸也停了。

「……風間先生，你到底想說什麼？」

「沒有，我只是覺得很有意思，因為那個數字一〇、五、九也可以唸成『ten・go・ku』。」

風間關上門走了。

椎桓聽見血液從自己臉上退去的聲音。腳底冒起寒氣。好一陣子都止不住顫抖。

5

優羽子望向後視鏡。緊挨在後方行駛的是白色多功能休旅車。那輛車的後方是水藍色小轎車。更後方是咖啡色房車。

她曾經飽受對方開車跟蹤騷擾，所以只要這樣握著方向盤時，到現在還是會忍不住搜尋胭脂紅色ＳＵＶ。

井伏也可能已經換車了。這次她在意的是那輛咖啡色房車。可是擋風玻璃反射午後陽光，無法看清車內，不知道是什麼樣的人在駕駛。

接近十字路口。要去宇部家的話，從這裡直走，過了一個紅綠燈再左轉比較近。可是優羽子決定在這裡就左轉。

她打回方向盤，又看後視鏡。幸好，咖啡色房車在鏡中已經從左向右超車駛去。

「平。」

風間的聲音令她的視線離開後視鏡。

「主任有什麼事？」

「妳看後方的次數太頻繁。如果不好好注意前方，我怕我的壽命可能會縮短。」

「對不起。我會小心——對了主任，後天我可以請假嗎？」

「好，沒問題。終於排到殯葬場了？」

「是的。」

從報紙報導學到「待機遺體」這個名詞是幾時來著？也是從同一篇報導，得知還有人專門短期保管這種等待火化的遺體，做起「遺體旅館」的生意，令她有點驚訝，但她當時完全沒料到自己的近親有一天也會接受那種服務。

「那妳一定很想在今明兩天之內解決這個案子吧。」

被風間輕易說出內心想法，已經不是頭一次了，所以她倒也不覺訝異。只是隨口應了一聲「是啊」就重新握緊方向盤。

——一〇、五、九也能唸成「ten・go・ku」。

她想起昨天風間要走出解剖室時說的話。看樣子，這位指導官似乎判斷宇部是他殺，而且凶手就是椎桓。

的確，椎桓是和宇部關係最密切的人物之一。問題是，動機是什麼……？

「宇部為什麼會在服毒後走出家門？對此妳有假說嗎？」

被風間這麼一問，優羽子點頭。「但那是在自殺的假定下。」

「說說看。」

「我認為或許是考慮到資產價值。」

風間微微努動下顎，催促她繼續說。

「他服毒之後才忽然驚覺。如果死在屋內，屋子就會變成死過人的凶宅。被害者還有年邁的雙親。也許他想留給父母較有價值的財產。」

不過，如果是他殺，那情況就不同了。他走到屋外，應該是為了向人求救吧。

「很遺憾，妳錯了。」

哪裡錯了？她想這麼問，又慌忙閉嘴。

「歸根究底，妳真正應該思考的，並非『被害者為什麼要到屋外』這一點。」

她探究風間這句話的真意，可大腦只是徒然空轉。

「妳還沒發現嗎？還有一個相當不自然的疑點。」

「請給我一點思考時間。我要化身為被害者想想。我覺得這樣應該就會發現。」

「好吧。」

抵達宇部家後，優羽子在那間起居室閉上眼。

接著，她刻意腳步踉蹌地走出大門，上了坡道，猝然倒下。

她這樣化身為宇部做了四次模擬，卻還是想不出哪裡有風間所說的「不自然的疑點」。

她回到起居室展開第五次模擬。

走出大門。向左走是上坡。

可是這時優羽子停下腳步。因為她已經累了，不想再上坡。

她就是在這時萌生疑問。

服毒後的宇部，照理說應該相當痛苦。就算只是前進一步，想必都很困難。在那種狀態下，為什麼他是往上坡走？

就算是察覺會導致不動產貶值於是急忙走到屋外，也沒理由特地上坡。照理說他就算下坡也可以。

哪怕真的是他殺，這點也是一樣的。如果要求救，最自然的做法就是去鄰居須田家，可是須田家位於下坡的方向。

——那麼，宇部究竟想去哪裡？

優羽子試著上坡。越過宇部倒下的地點繼續走三十公尺後，來到道路兩旁設有護欄的地方。翻越護欄再走五步之後，地面驟然消失，來到下方是峭壁的懸崖。

她抓著旁邊的樹木，戰戰兢兢低頭向下一看，只見下方十五、六公尺處，寬闊的溪流洶湧流過。

水聲聽來也彷彿山中精靈的囁語。就在她這樣傾聽之際，似乎終於明白了宇部想去何處。

6

由於工作關係，毒物會從各種管道流入此地。最近到手的是氫化鈉。面對那個小瓶。椎桓咕噥。

「我也自殺算了。」

自從前幾天見過風間，他就一再這麼考慮。那個男人，已經看穿自己就是凶手了。

「慢著，我不能衝動。」

他再次咕噥，思索警方高層會怎樣處理。就算風間一個人堅稱是他殺，如果組織另有意見，還是有可能逃過一劫。

把解剖室慣稱為「tengoku」的，只有我和宇部。誰也不知道，那是只屬於我倆之間的暗號。既然如此，宇部的字條還是有希望被認定為遺書。

——我怎能絕望！

這麼下定決心時，研究室的門被敲響，椎桓慌忙把瓶子藏進桌子抽屜。

走進來的又是那對刑警二人組——風間和平。

平草草打個招呼就立刻挑明：「椎桓醫生，你去過宇部先生家嗎？」

「這個嘛，我不記得了。」

他試探著裝迷糊，聲調完全正常。只要保持這種狀態，不管被問起什麼應該都能混過去。

「如果我說『沒去過』會怎樣？」

「那我會向您證明這是謊話。幸好，宇部先生過世以來，一次也沒下過雨。現場應該還留有椎桓醫生到訪的痕跡。接下來，我們會去宇部先生家重新採集微物證。在找到您搭乘車輛的輪胎印、您穿著的衣服纖維、您的毛髮、乃至其他可以採取到ＤＮＡ的物證之前，不管要搜查多少次都會徹底進行。」

「原來如此。不過，其實沒必要那麼努力。我去過。去過他家好幾次。所以，現場就算有我的指紋，也請妳不要把我列入嫌疑者名單好嗎？」

「我知道了。——對了，關於宇部先生死亡時的狀況，您已經收到警方的調查報告了吧。」

「對。」

「那麼，您也知道他在服毒後走上家門前的山坡路？」

「我知道。因為死在屋裡會讓房子貶值。他應該是顧及雙親才這麼做。」

平對他的說法沒有點頭，拉近一步距離。

「如果是您會怎麼做？在服毒後站都站不穩的時候，會試圖走上那麼陡峭的坡道嗎？」

「……應該不會吧。」

「正常來講是這樣。不過那是有理由的。宇部先生非這麼做不可的理由，只有一個。」

「妳所謂的理由，到底是什麼？」

「是縣界。」

「……怎麼說？」

「走上那坡道後，有懸崖，崖下有溪流。宇部先生當時本想跳下山崖，跌落溪流。他希望那樣做，能把自己的遺體送往鄰縣。」

「——怎麼可能。」

「也就是說，宇部先生他，不希望被椎桓醫生——您來解剖。」

彷彿聽到某種東西喀的一聲折斷。

「為什麼？」他從喉頭擠出聲音。「他可是我的愛徒。」

「說到原因，舉例而言，有可能是這樣。——某一天，發生了對椎桓醫生不利的事。那個證據留在宇部先生的體內。」

視野微微晃動。是因為自己忍不住目光游移吧。

「宇部先生很擔心。如果自己的遺體交由椎桓醫生解剖，那個證據將會被淹滅。——也許是有那樣的內情。」

「那是妳自己的想像吧。」椎桓做出無奈的姿態把手放到額頭上，悄悄用指尖抹去額上滲出的汗水。「先不說別的，妳所謂對我不利的事，究竟是什麼？」

「這點接下來我們會調查。總之，根據宇部先生的行動，我們認為，斷定椎桓醫生和他的死有關大致不會錯。」

椎桓一時之間無言以對，只能握緊雙拳。

「……妳說了半天，有物證嗎？」

平取出一張紙。中央印刷了影像。是宇部的遺容。

「這有什麼問題？這不是上次妳在解剖室拍的照片嗎？」

「不對。別急，請仔細看清楚。」

平指著宇部身體的部分。不是在解剖台時那樣赤裸。紙上的宇部穿著衣服。

「醫生當然應該也知道吧？」

「我知道什麼鬼？」他一時不慎，語氣變得粗暴。

「『待機遺體』這個名詞。這是在『遺體旅館』拍攝的照片。按照風間刑警的指示取得家屬的同意後，宇部先生的身體——醫生說的『物證』，還保存完好。」

椎桓此刻的感覺就像食物中毒。渾身冒汗，卻又有陣陣惡寒。費了好大力氣才站穩，最後已經聽不清楚刑警在說什麼。

7

拿著飲料的菜單，優羽子迅速朝對面位子瞄了一眼。

風間的外貌有點像古代武士。那樣的風間，最適合的飲料應該是清酒吧。她一廂情願地這麼認定，可是一問之下，意外發現風間本人似乎不愛喝酒。

「那主任喜歡喝什麼？」

「茶吧。」

這位指導官難得露出苦笑。

給風間點了玉露茶燒酒雞尾酒，自己點了威士忌蘇打後，她拿起食物那本菜單。

油炸山藥泥，韃靼生薑鮪魚，芝麻醬涼拌雞絲西芹……。

看著整本菜單她猶豫不決。菜色太多種了。

風間坐在對面吃小菜。不能讓指導官久等，必須盡快做出選擇。

邀他來居酒屋還好，問題是吃東西的喜好。事到如今她才發現從沒問過對方究竟喜歡吃什麼討厭什麼，不免有點焦慮。

您想點什麼菜——只要這樣問就能解決，可是指導官八成又會叫她自己先想想，所以她不敢輕易開口。

「炸藕盒，酥炸雞胗拌橘醋，炙烤多線魚。先點這幾樣應該就夠了吧。」

大概是她看起來苦惱得太認真令人同情，風間主動開口這麼說。

交通課的朋友告訴她的這間店，由於離總局有點遠，並沒有成為警察聚集的場所。不過，看他對菜單幾乎瞭如指掌的模樣，也許之前就來過幾次。

多線魚她不愛吃，如果是自己絕對不會點。這道菜應該會由風間一個人解決。她一邊這麼想一邊按鈴叫店員。

「請您多喝一點，今天我請客。」

昨天去找椎桓，說明宇部死前的行動是什麼意思後，法醫當場就招認犯行。

破解殺人命案。完成了一樁大事，奇妙的是成就感竟然不多。

連司法解剖醫生都會犯罪。完全不合邏輯。面對那樣的犯規行為，刑警的力量幾乎等同沒有。這次只是湊巧運氣好。

——我還是想提出調職申請。

她是為了表達這個想法才邀請風間。可是終究難以啟齒。她覺得恐怕只能藉助酒精的力量，所以又叫了第二杯威士忌蘇打。

風間拿起那盤多線魚，靜靜放在她眼前。

「妳的表情好像有點嫌棄。」

「對。我不太愛吃多線魚。」

「別急著排斥，拿這魚練習一下吧。」

「練習什麼？」

「練習細嚼慢嚥。我從剛才就發現，妳好像養成了吃飯很快的毛病。」

像多線魚這種大魚，吃起來費事，所以用來練習慢慢咀嚼是最佳食材。

聽著風間這麼解釋，優羽子羞愧地低下頭。她恨警校生活那半年。在那個行動分秒必爭的場所，細嚼慢嚥是不可能的任務。無論是在她分發到D分局地域課的派出所執勤時，或是在該分局被提拔為刑警後，每天都有不斷降臨的雜務追在後頭，根本無法確保一定的用餐時間。

「妳已經站在不同的舞台了。警察學校是大量吸收知識的地方。剛畢業後分發到派出所勤務和在轄區初任刑警時想必也差不多。所以吃得快是莫可奈何。但是，現在應該是妳把在學校學到的東西逐一消化的階段。」

風間的意思，大概是叫她那樣轉換意識，一步一步踏實走下去。可是被對方這麼一說，她更開不了口提起申請調職了。

不過，這位指導官的直覺向來敏銳得可怕。所以她多少也感到，或許就是因為早已看穿自己的想法，風間才會先發制人，說出這種帶有指點意味的話。

「差不多該走了吧。」

上完廁所回來，風間對她這麼說。

驀然回神才發現，除了兩杯威士忌蘇打，她還灌下生啤酒和琴通寧。果然開始有點輕微的頭疼。

「……也好。」

去結帳時，店員告訴她已經付過了。

風間已經率先走到店外。追上那個背影時，兩腳不聽使喚差點跌倒。看來醉得很厲害。她在晃動不穩的視野中捕捉到風間的背影。

「主任，剛才不是說好了嗎，今天由我請客……呃……」

話沒說完就中斷，是因為感到某人強烈的注視。

四下一看，她發現餐飲街成排建築物之間的夾縫中，有人正目不轉睛地看著這邊。

布勞森外套搭配牛仔褲。頭上戴著毛線帽，嘴部和臉頰覆滿鬍碴。對方不僅這樣遮掩臉孔，而且站的地方見不到光，所以還無法斷言，但從體型看來肯定是井伏。

優羽子請風間在原地等一下，自己朝著人影大步走過去。今天一定要明白警告對方「如果再跟著我，我就逮捕你」。

對方沒有逃走。反而低著頭走過來。步伐沒有任何遲疑。戴著皮手套的右手好像握著什麼東西。

察覺自己認錯人，是在雙方距離已經近得可以看清臉孔時。

穿著球鞋緩緩走近的人，並不是井伏。身材雖然相似，但是五官截然不同。不過這張臉很眼熟。是在哪見過的——？

她不由駐足，醉醺醺的腦子拼命搜尋記憶之際，男人已經迅速越過她身旁。

是那傢伙！是上次在公文上看過照片的十崎。他已經出獄了嗎？

當她這樣想起，轉身回頭時，男人已朝風間衝去。

優羽子也開始奔跑。

藉著店面透出的燈光，她已猜到十崎手裡拿的是什麼。

她從背後狠狠撞上去後，十崎在風間面前弓身，試圖站穩。這時，她終於看清他手裡的東西。果然是錐子。為了避於攜帶，金屬部分已經被他親手截短打磨的自製凶器。

十崎轉身的動作很敏捷。他立刻站直身子，重新握好凶器，迅速舉到臉部的高度。

——不能移開視線。

明明是在這種緊要關頭，不，或許該說就是因為在這種緊要關頭吧，耳朵重現的，是教授逮捕術的教官響徹警校道場的聲音。

——和武裝犯人對峙時，絕對不能把視線從對方移開。如果移開視線，對方會認為你害怕。於是對方就會得寸進尺，變得越發凶暴。

優羽子盯著十崎的眼睛。

然而，她能做到的也只有這樣了。恐懼和醉意令視野劇烈晃動，她試圖站直，卻立刻又踉蹌摔倒。

驀然回神時，十崎已近在眼前。他正用遠比照片上更冷酷的眼睛俯視著自己。而且拿錐子的手，已經高高揮起。

完全躲不開。能做的，只有把受傷程度盡量縮減到最低。如此判斷後，她當下扭身。她想盡可能抬高左肩，至少護住臉孔。

下一瞬間，她被用力往旁推開。她立刻明白，是風間衝上來撞開自己的身體。

她在柏油路上打滾，一邊仰賴聽覺，搜尋十崎穿著球鞋的腳步聲。腳步聲正逐漸遠去。得救了——。

「來人啊！快抓住那個男的！」

她大吼著爬起來。路上的沙子大量滲入眼中。她忍痛不停眨眼，奔向風間身旁。

他單膝跪在路上。脖子以上對著地面垂落，但是身體並未向旁倒下。安心令她頓時放鬆肩膀。

就算突然聽到她請求「抓住那個人」也不可能有人立刻行動。路上並非空無一人，也有幾個身材還算壯碩的男人，但是十崎似乎穿過那些人之間，消失在人群中了。

優羽子把臉從馬路的方向轉回風間身上，當下懷疑自己的眼睛。風間的右眼長出東西。那個木製的圓筒，顯然是錐子的握把。

自己的手當下一動，想把那個拔掉。然而，那個動作，被風間的一聲「慢著」阻止。即便在這樣的事態下，他的口吻依然驚人地淡定。

「妳忘了刑警的基本常識嗎？保存證據物件是第一優先。不要破壞犯人的指紋。」

她無言以對。的確，剛才十崎襲擊時戴著皮手套，但是上面說不定留有他以前沾上的指紋。

「目標人相。」

風間接著說出的名詞她一時之間聽不懂，費了幾秒時間才把目標人相——嫌疑者的外貌和服裝叫回腦海。

「年齡大約三十五、六歲，身高一米七左右。上身是灰色布勞森外套。下身是深藍色牛仔褲。頭戴焦茶色毛線帽。腳穿白色球鞋。皮帶是黑色皮製。乍看像自由業。還有……」

「繼續說。」

「我撞上他時，曾抓住他的皮帶。十崎應該沒注意到。」

幹得好。彷彿想這麼說，風間任由錐子插在右眼對她微微頷首。

錐子留下來了。說不定能夠從這個證物找到十崎的藏身處。到時偵訊那傢伙，就算他矢口否認，只要檢查皮帶內側，他就無法狡辯了。只要沒有被擦掉，那裡就會有自己的指紋。那是這場襲擊事件不動如山的證據。

「我早有覺悟了……」風間深深嘆息。「只要幹這一行，說不定哪天就會遇上這種事。怎麼樣，平，想辭職的話不用客氣喔。」

好像有人打了一一九。開始隱約傳來救護車的警笛聲。

——我才不會辭職。在我親手給那傢伙，給那個十崎戴上手銬前。乃至戴上手銬後。我要逮捕更多更多壞蛋。就像指導官一樣。

為了表達這個意思，優羽子用力忍住淚水，緊緊握著風間的手。

參考文獻

《從基礎開始演技訓練》松濤 Actors Gymnasium 監修（王樣出版）
《殺人大百科》Homicide Laboratory（Data House）
《在火化前說吧：法醫聽見的悲哀的「遺體之聲」》岩瀨博太郎、柳原三佳（WAVE 出版）

＊本作為虛擬小說，登場人物・團體・事件皆為虛構。

導讀

警察故事的蛻變與融合——暢快淋漓的「教場系列」

文／冬陽

閱畢日本小說家長岡弘樹所寫的「教場系列」三書，腦海中首先浮現的，竟是三十多年前的老電影《金牌警校軍》（*Police Academy*）。

《金牌警校軍》第一集於一九八四年三月底上映，講述的是警察學校招募了一批三教九流的新生，他們在理應正經嚴肅的受訓過程中鬧出種種無厘頭笑話，卻又誤打誤撞地通過艱困考驗並化解了降臨小鎮的危機，亮眼的票房表現催生出六部續集電影和衍生影集，是個小兵立大功的喜劇故事。那是我小時候歡樂笑鬧的回憶之一，連帶與觀看台灣自製《報告班長》系列的印象結合在一起，以為警察、軍人的工作其實一點都不辛苦，洋溢熱血同袍情誼、男性為主的世界是多麼慷慨颯爽，這跟近期討論度極高的《捍衛戰士：獨行俠》很類似，宛如最佳徵兵徵警宣導片，只不過需要花錢花時間在黑漆漆的空間裡與一群人一同感受，然後在腎上腺素與腦內啡快要滿出來的狀態下結束這場體驗——

是的，在閱讀完《教場》、《教場2》、《教場0：刑事指導官・風間公親》這三部短篇連作小說之後，我身體裡的化學物質大抵也起了這些變化，只不過這期間沒讓我開懷大笑，情緒倒是戒慎緊繃得很。

若要闡明以上種種，請容我花一點文字篇幅敘述。

西方警察故事的書寫閱讀，在這個身分職業誕生後沒多久，便很自然地發生了。一八一一年，法國成立保安局，第一任局長維多克（Eugène François Vidocq）卸任後出版《回憶錄》（*Memoires*），略略提及他任職前的犯罪經歷（對，你沒看錯，當上警察頭頭之前他是身陷囹圄的罪犯，搖身一變成為警方線民，「逃獄」後被任命為保安局局長）、細數任內功績、暢談下台後轉當私家偵探的經歷；小說家加伯黎奧（Émile Gaboriau）則下足了工夫，連同審訊官等司法人員工作也嫻熟掌握，寫成的故事深受讀者喜愛。一八二九年，英國在國王喬治四世批准警察法案後，於倫敦街頭出現頭戴皮帽、腳踩皮鞋、身穿燕尾服的執法人員，不多久小說家威爾基・柯林斯（William Wilkie Collins）的知名作品《月光石》（*The Moonstone*）中就見到他們的身影，為找尋失竊寶石的下落進行詳實的偵查。

古典解謎偵探小說盛行的十九世紀末至二十世紀前半，只見夏洛克・福爾摩斯、赫丘勒・白羅、基甸・菲爾博士等這些聰明的腦袋引領風騷，警察淪為退居二線當綠葉，僅僅提供難解的謎團與詭譎的案件，負責單調無趣的蒐證與逮捕人犯的勞力活，偶爾還被調侃是怕被搶功的小心眼、敗事有餘的絆腳石，等著被好心的名偵探指點迷津。幸好有愛爾蘭作家弗里曼・克勞夫茲（F. W. Crofts）挺身而出，他創造了凡人偵探法蘭奇探長，用寫實的筆法細細推敲交通工具時刻表中藏匿的幽微行蹤，不讓凶殺案調查大權旁落至現實生活中不可能任意進出犯罪現場、甚至主導辦案的非專業司法人士手上（雖然鐵路工程師出身的克勞夫茲對蘇格蘭場的實際運作一點都不熟就是了）。

時間推移至一九四〇—五〇年代，美國作家勞倫斯・崔特（Lawrence Treat）的《V代表受害者》（*V as in Victim*）、希萊利・渥夫（Hillary Waugh）的《失蹤時的衣著》（*Last Seen Wearing*），這兩部作品將警察小說帶入另一個境地，於推理小說的子分類中多加上「程序」二字（police procedural）。原因在於警方絕大多數時間都不是個人辦案，雖然可能有孤狼、獨行俠般的不合群人物，但警察機關基本上是個橫向互動聯繫緊密、縱向命令貫徹執行的金字塔狀組織，有其必要且複雜的程序得走，整體行動往往還要銜接至檢察系統，完成應有的司法流程而不是依憑邏輯推理出犯人是誰就可以收工回家。警察程序小說會詳實交代當一樁案件發生後可能出動的單位、嚴謹無誤的檢驗採證、合法平權的偵訊取供、提供必要的照顧援救云云；同時也會觸及外圍勢力，包含黑道、政治、媒體方面或緊張或弛緩的互動，以及性質相仿但領域各異的司法警察彼此間或合作或競爭；進而在群體與個人之間移動觀點、切換視角，看這些組織中人企圖尋找最恰當的平衡點，亦不免暴露酗酒失婚貪瀆墮落之類形形色色的面貌，密密交織出現今相關小說影劇豐富精采的情節，針砭探究這個社會出現了哪些棘手問題。

長岡弘樹的「教場系列」，就是在這樣的創作基礎之上，以警察學校為舞台，巧妙結合傳統解謎敘事手法，自二〇〇九年起陸續發表以短期課程班教官風間公親為主角的長短篇作品，目前在日本已出版《教場》、《教場2》、《教場0：刑事指導官・風間公親》、《風間教場》、《教場X：刑事指導官・風間公親》五部單行本，此次時報文化中譯出版前三部作品。

「在正式分發值勤之前，這些準警察是怎麼訓練、篩選出來的？」這段話在現實世界中也許是重要的提問，但在推理小說與影劇裡是可以直接忽略的。因為每當事件發生，我們必然期待專業合理的解決，可以允許繞路犯錯、有限度地容忍外行指導內行，故事最終仍會有效地往真相移動；主角讓羽翼未豐的菜鳥來當無妨，我們預期他們是未經雕琢的璞玉、接下來會漲翻天的潛力股，只要能走到真凶現身的終點即可。

然而，長岡弘樹捨棄掉這些套路——準確來說，是沿用但將時間大幅提前，在看似侷限且用意良善的學校受訓場域布下種種險局，進行一場場出錯就汰除的終極試煉。每則故事的主角要面對的雖然不是作惡多端的殘暴狠角色，但冷酷設局、構陷無辜的犯人極可能是未來一同攜槍值勤的同袍，你敢露出毫無防備的背後走在這個人的前面嗎？狀似不按牌理出牌，有權利隨時遞出退學申請書要自己填寫呈交的指導教官，是看透了自身消極逃避的懦弱而給予鞭策刺激，還是識破了悉心隱匿、失格不適任的黑暗祕密？

最後，我要解開這篇文章一開始埋設的謎團：喜劇電影《金牌警校軍》與「教場系列」的共通點似乎只有警察學校一處，兩者會不會未免太風馬牛不相及了呢？

我的著眼點在於，由來已久的警察故事，還可以和什麼既有的元素擦出精采的火花？——《金牌警校軍》撞上的是喜劇，「教場系列」則是結合了非常日式的本格解謎。

《教場》、《教場2》、《教場0：刑事指導官．風間公親》這三部作品展露了拳拳到肉的近身格鬥性格，得在短篇迅捷的步調中處處留意、調整呼吸，運用警務工作的相關知識解決隨時迎面襲來的測試考題，而且還有限期解答的時間壓力。即便第三集講述的是風間擔任教官之前，活躍於第一線辦案現場的前傳故事，「風間教場」的壓力依舊不減，一不留神可能就毀了無法復原的犯罪跡證，甚至招致犯人的致命攻擊。然而當炸彈拆卸、警報解除，好勝心獲得了反饋，成就感油然而生之際，腎上腺素與腦內啡漫溢的愉悅滋味，透過閱讀都能宛若小說角色般暢快淋漓地沉浸享受。

歷經蛻變的新形態警察故事，值得你來細細品嘗。

本文作者為推理評論人，復興電台「偵探推理俱樂部」節目主持人。

藍小說328

教場0：刑事指導官・風間公親

作者—長岡弘樹
譯者—劉子倩
編輯—張瑋庭
封面設計—陳恩安
內頁排版—邵麗如
總編輯—嘉世強
董事長—趙政岷
出版者—時報文化出版企業股份有限公司
108019臺北市和平西路三段二四〇號三樓
發行專線—（〇二）二三〇六—六八四二
讀者服務專線—〇八〇〇—二三一—七〇五・（〇二）二三〇四—七一〇三
讀者服務傳真—（〇二）二三〇四—六八五八
郵撥—一九三四四七二四時報文化出版公司
信箱—一〇八九九臺北華江橋郵局第九九信箱
時報悅讀網—http://www.readingtimes.com.tw
電子郵件信箱—liter@readingtimes.com.tw
法律顧問—理律法律事務所 陳長文律師、李念祖律師
印刷—勁達印刷有限公司
初版一刷—二〇二二年七月一日
初版二刷—二〇二二年八月九日
定價—新臺幣三六〇元
（缺頁或破損的書，請寄回更換）

時報文化出版公司成立於一九七五年，並於一九九九年股票上櫃公開發行，於二〇〇八年脫離中時集團非屬旺中，以「尊重智慧與創意的文化事業」為信念。

教場0：刑事指導官・風間公親／長岡弘樹著；劉子倩譯. – 初版. –
臺北市：時報文化, 2022.7
面；公分. –（藍小說；328）
譯自：教場0：刑事指導官・風間公親
ISBN 978-626-335-624-5（平裝）

861.57　　111009210

ISBN 978-626-335-624-5
Printed in Taiwan